ISBN 978-1-332-58050-7
PIBN 10412436

OBRAS DE PIO BAROJA

LAS TRILOGIAS

	Pesetas.
Tierra vasca	
La casa de Aizgorri....	1,00
El mayorazgo de Labraz.	3,00
Zalacaín, el aventurero..	1,00
La vida fantástica	
Camino de perfección...	1,00
Inventos, aventuras y mixtificaciones de Silvestre Paradox	1,00
Paradox, rey..	3,00
La Raza	
La dama errante	3,00
La ciudad de la niebla..	3,50
El árbol de la ciencia...	3,50

	Pesetas.
La lucha por la vida	
La busca...........	3,50
Mala hierba.........	3,50
Aurora roja.........	3,50
El Pasado	
La feria de los discretos..	3,50
Los últimos románticos..	3,50
Las tragedias grotescas...	3,00
Las ciudades	
César ó nada........	4,00
El mundo es ansí......	3,50
El Mar	
Las inquietudes de Shanti Andía..........	3,50

MEMORIAS DE UN HOMBRE DE ACCION

El aprendiz de conspirador....................	3,50
El escuadrón del Brigante....................	3,50
Los caminos del mundo....................	3,50
Con la pluma y con el sable....................	3,50
Los recursos de la astucia....................	3,50

EN PRENSA

La ruta del aventurero.

PIO BAROJA

MEMORIAS DE UN HOMBRE DE ACCIÓN

LOS RECURSOS DE LA ASTUCIA

RENACIMIENTO

MADRID — SAN MARCOS, 42

BUENOS AIRES — LIBERTAD, 172

1915

Imprenta Renacimiento, San Marcos, 42.

Vulnerant omnes *ultima necat:* Todas hieren; la última, mata.

(Leyenda de algunos relojes.)

PRÓLOGO

Don Pedro Leguía y Gaztelumendi, verdadero y auténtico cronista de la vida de Aviraneta, escribió unas líneas preliminares para explicar la procedencia de los datos utilizados por él en esta narración.

Por lo que dice, las bases de su relato fueron la historia que le contó en Cuenca un constructor de ataúdes, y los comentarios y antecedentes que aportó á esta historia D. Eugenio de Aviraneta en Madrid. Valiéndose del indiscutible derecho del narrador, Leguía antepuso los antecedentes de Aviraneta á la narración del constructor de ataúdes, proceder no desprovisto de lógica, pues la faena de un constructor de ataúdes debe ser siempre una faena final y epilogal. El lector, si es un tanto aviranetista, quizá encuentre medianamente interesante la transcripción del preámbulo de Leguía.

Unos años antes de la Revolución de Septiembre—dice Leguía—me encontraba en Madrid triste y débil, retraído de la vida pública por el fracaso de mis correligionarios y casi retraído de toda vida privada por padecer las consecuencias de un catarro gripal. En esto, un amigo senador se presentó en mi casa y me instó á que le acompañase á una finca suya, enclavada en el centro de los pinares de la serranía de Cuenca.

Tanto insistió y con tan buena voluntad lo hizo, que acepté y marché con él á su finca.

Pasé allí cerca de un mes. Cuando comencé á aburrirme y al mismo tiempo á restablecerme en aquella soledad, perfumada por el olor de los pinos, sentí la necesidad de salir y andar. Mi amigo visitaba los pueblos de su distrito, y alguna vez le acompañaba yo.

Estuvimos en Salvacañete unos días, y luego en Moya, en donde supe con sorpresa que mi tío Fermín Leguía había sido comandante del fuerte de este pueblo y dejado en él cierto renombre. Un viejo boticario de Moya le recordaba muy bien. Por lo que me contó, la villa de Moya, en tiempo de la Guerra civil, era un refugio de las familias liberales de los contornos, mientras Cañete constituía el gran baluarte defensivo de las familias carlistas. Moya goza de una gran posiciòn estratégica, y tiene larga historia de sitios y de defensas en tiempo de los moros, y de las rivalidades entre aragoneses y castellanos.

En 1837—como digo—se hallaba de comandante del fuerte de Moya Fermín Leguía. En Octubre de este año, la partida mandada por el cabecilla Sancho, á quien se apodaba el *Fraile de la Esperanza,* se acercó á la villa y la sitió. El *Fraile de la Esperanza* sabía muy bien no era lo mismo sitiar estrechamente aquella plaza que tomarla; las fortificaciones del pueblo para entonces tenían gran valor, y como el que intentaba abrir las ostras por la persuasión, él quiso tomar el pueblo por el mismo procedimiento.

El *Fraile* envió á Leguía un oficio exhortándole á rendirse, con frases en latín, que creía le llegarían al alma. Leguía le contestó diciéndole que él no se rendía, y añadió que D. Carlos era un babieca; Cabrera, un bandolero; los carlistas, hordas salvajes y partidas de foragidos, y el latín un idioma ridículo para el que no lo entendía. El *Fraile de la Esperanza,* á este oficio contestó con un segundo muy respetuoso, diciendo á don Fermín no comprendía cómo un hombre distinguido calificaba de babieca á un Rey como Carlos V, espejo de la cristiandad, ni llamaba bandido al ilustre Cabrera, ni tenía tan mala idea de la lengua del Lacio. Leguía leyó la segunda carta, y mirando fieramante al parlamentario del *Fraile*, le dijo:

—Dígale usted al frailuco ese que no soy ningún académico ni quiero discutir esas cosas, y añada usted que si me manda otro correo lo fusilaré sobre la marcha. ¡Con que hala!

El correo desapareció de prisa, y el *Fraile de la Esperanza* abandonó pronto el sitio de Moya.

Varias anécdotas me contó el boticario de mi tío Fermín que retrataban su genio vivo y sus resoluciones prontas.

II

Después de la temporada transcurrida en los pinares, y ya completamente restablecido, determiné ir unos días á Cuenca, á la capital, que no conocía. La ciudad me gustó mucho, y estuve en ella un par de semanas.

Mi amigo el senador me había recomendado á varias personas, entre ellas á un cura joven recién llegado al pueblo. Este curita se hizo muy amigo mío.

Salíamos juntos, veíamos todo lo notable de la catedral, de los conventos y de las casas particulares. Una tarde, al volver á la fonda al obscurecer, se me acercó una vieja y me dijo que si quería ir á su casa podría enseñarme algo que me conviniera. Supuse trataría de proponerme la venta de algún cuadro ó talla antigua; le dije que iría, y me dió las señas de su casa.

Al día siguiente, por la tarde, paseaba en compañía del cura joven cuando recordé el ofrecimiento de la vieja. Era ya entre dos luces.

—¿Estará por aquí cerca la calle de la Moneda?—exclamé yo.

—Sí, creo que sí—me contestó el cura—; preguntaremos á estos chicos.

Los chicos nos indicaron la calle.

El cura y yo entramos en ella, buscamos el número y nos detuvimos delante de un estrecho portal obscuro. Había un hombre denegrido, demacrado, con aire de padecer tercianas, vestido con harapos, un pañuelo atado á la cabeza.

—¿La señora Cándida?—le pregunté.

—¿Vienen ustedes á verla?

—Sí.

—Aquí es.

El hombre, volviéndose al interior de la escalera, gritó:

—¡Señora Cándida!

Esperamos un rato, y poco despues bajó por una escalera estrecha, alumbrándose con un candilejo de hoja de lata, la vieja que me había hablado la tarde anterior.

—¿No viene usted solo?—me preguntó con gran sorpresa.

—No.

—Bueno, pasen ustedes.

La presencia del cura dejó atónita á la señora Cándida.

Estuvimos un momento en el estrecho zaguán vacilando si seguir adelante ó no. La luz del candil iluminaba el grupo. La señora Cándida era una mujer adiposa, encorvada, con la cabeza metida entre los hombros, la cara roja, con dos ó tres lunares en la barba; tenía el pelo blanco, el cuerpo pesado y torpe, la sonrisa maligna y cínica, los labios rojos y lubrificados. A veces, á través de los párpados abultados y rojizos, lanzaba una mirada suspicaz, llena de claridad.

Bueno, suban ustedes—repitió.

Subimos la escalera del tabuco negra é insegura; las ráfagas de aire amenazaban con matar la luz del candil.

¡Demonio cómo sopla el cierzo!—dije yo.

Sí, esta es la casa de los cuatro vientos—contestó la señora Cándida.

Tras de subir dos pisos llegamos á un cuartucho tan sucio, tan vacío, que nos sorprendió desagradablemente.

Recorrimos tras de la vieja unos pasillos tortuosos. En la casa había únicamente un cuarto un tanto limpio y curioso. Este cuarto tenía una mesa, un canapé y varias estampas; comunicaba con dos alcobas blanqueadas, cada una con su cama de colcha roja de percal desteñido. Una de las alcobas tenía un gran espejo dorado, que parecía estar allá asombrado de verse en tan mísero rincón. La señora Cándida nos llevó por la casa, en la que reinaba la más negra y trágica miseria, y en un guardillón nos mostró unos cuantos lienzos pintados. Eran cuadros sin ningún valor.

La vieja me preguntó:

—¿Qué le parecen á usted?

—No me gustan, la verdad.

—¿No quiere usted comprarme nada?

—No.

La señora Cándida suspiró.

Bajamos de nuevo la escalera hasta el portal. Al salir di una pequeña propina á la vieja por la molestia, y al recibirla, agarrándome de la manga y llevándome á un rincón, me dijo:

—Venga usted otro día solo, y verá usted.

—¿Tiene usted algo más en casa?—dije yo.

—En casa ó fuera de casa, es igual. Allí donde yo voy me abren.

Me chocó bastante lo enigmático de la frase y salí con mi acompañante.

Hablamos de la decadencia horrible de las mujeres viejas cuando caen en la miseria, mucho mayor aún que la de los hombres.

—Por fortuna, para esta gente—dije yo—la costumbre de la miseria los hace insensibles.

Me despedí del amable clérigo, y al día siguiente cuando vino como de costumbre á mi casa, dijo:

—¿Sabe usted que ayer hicimos una pifia gorda?

—¿Por qué?

—Porque estuvimos en casa de una Celestina.

—¿De manera que la vieja... la señora Cándida?

—Sí, es una Celestina á quien llaman la *Canóniga*. Parece que ha tenido fortuna y buena posición.

—De modo que no acertamos en nuestras suposiciones.

—Nada. Absolutamente nada.

—¿Le han contado á usted su historia?

—Sí, sin muchos detalles; me han dicho también que un viejo carpintero que hace ataúdes conoce su vida. Si le interesa á usted, iremos á verle.

—Bueno; iremos.

Fuimos, efectivamente, á una tienda de ataúdes del callejón de los Canónigos.

Estaba esta tienda en una casa antigua y negra, de piedra, con un arco apuntado á la entrada.

El taller se hallaba en el portal, un portal pequeño y cubierto de losas, con un banco de carpintero en medio y algunas herramientas del oficio en las paredes.

A un lado tenía un cuarto con una ventana, que daba á una hendidura, por donde se veía la Hoz del Huécar y por donde entraba el sol. Un chico nos hizo pasar á este cuarto. Había aquí una estantería con unos féretros pequeños de muestra, que hubieran podido servir para enterrar muñecas; había también varios relojes, de distintos tipos y clases: cuatro ó cinco, de esos pintados que se construyen en la Selva Negra, con las pesas y el péndulo al descubierto; dos ó tres, de cuco; otros de pared, cerrados, que los ingleses llaman reloj del abuelo, y entre todos ellos se destacaba uno alto de autómatas y de sonería, con el péndulo dorado y esmaltado en colores.

Este reloj tenía una caja de color de caramelo obscuro llena de pinturas con guirnaldas y flores. Fijándose bien, en cada guirnalda se veía disimulado en ella un atributo macabro: aquí, una calavera con dos tibias; allí, un ataúd; en este rincón, un esqueleto. El péndulo tenía en medio de la lenteja una barca de latón sujeta con un tornillo y un contrapeso por dentro que hacía subir y bajar la proa y la popa alternativamente al compás de los movimientos del péndulo. En la barca había una figurita de Caronte. La esfera, de cobre, estaba rodeada de una orla de bronce con la efigie de Cronos, viejo haraposo y meditabundo, con unas alas en la espalda y un reloj de arena en la mano. Debajo, en una cartela con letras negras, se leía este apotegma de los antiguos relojes de sol de las iglesias:

«*Vulnerant omnes ultima necat*: Todas hieren; la última, mata.»

Sin duda el constructor de aquella máquina tenía un gusto pronunciado por lo macabro. Había hecho algo como los cuadros de Valdés Leal, de la Caridad de Sevilla: algo alegre de color y triste de intención. Correteando por el portal, saltando de un reloj al armario de los féretros y de éste á otro reloj, andaba un cuervo, grande y negro, que se dedicaba al monólogo y á veces al diálogo, mientras un gato negro, viejo y escuálido, con los ojos amarillos, le contemplaba atentamente.

El constructor de ataúdes me mostró el reloj de

autómatas y sonería, del que estaba muy orgulloso, y después, sentándose entre un ataúd grande de un hombre y otro pequeño de un niño, y tomando el gato cariñosamente en un hombro y al cuervo en el otro, se puso á hablar sonriendo con una amable sonrisa.

Hablaba, como un discípulo de Séneca, de la inestabilidad de las cosas humanas, de lo fugaz del placer y del roer del tiempo con sus horas fatídicas.

Su reloj de figuras, su cuervo, á quien llamaba Juanito, y su gato negro, Astaroth, tenían para él, por lo que vimos, la importancia de divinidades siniestras y macabras que presidían sus momentos.

El hombre de los ataudes nos contó la historia de la *Canóniga* y la suya, adornando ambas con sus fúnebres pensamientos.

III

Meses después en Madrid, á principios de otoño, fuí á casa de Aviraneta, que vivía en la calle del Barco con Josefina, su mujer.

Don Eugenio tenía entonces más de setenta años y estaba hecho una momia grotesca. Sus piernas se negaban á sostenerle, y para andar marchaba apoyado en un bastón grueso, dando golpes en el suelo como un ciego. Su cara, seca, arrugada, aparecía debajo de una gran peluca roja; su nariz, grande y también roja, amenazaba caer sobre el lábio; sus ojos brillaban de inteligencia y de malicia.

A pesar de su edad y de sus enfermedades, Aviraneta conservaba brío y tenía las facultades tan despiertas como en sus buenos tiempos de conspirador.

Me encontré á Aviraneta en el cuarto de sus bichos. Era este un chiscón aguardillado con jaulas, donde tenía ratas sabias doméstıcadas, loros, cacatúas y una porción de cajitas con mariposas disecadas, escarabajos, moscones, conchas y espumas de mar.

Don Eugenio acababa de volver de los baños de Trillo, adonde iba todos los años á curarse el reúma, y, á pesar de que no hacía todavía frío, estaba envuelto en la capa y al lado del brasero. Hablaba á sus bichos, les echaba migas de pan y los observaba. Esta era una de sus principales ocupaciones; la otra, la de leer folletines.

Hablamos; le conté mi historia de Cuenca, y después de oirla, dijo riendo, con su risa sarcástica, que se convertía en algunos momentos en tos:

—Aun podría añadir yo algo á tu historia.

—Pues añada usted lo que sea.

Aviraneta explicó algunos antecedentes políticos que el viejo carpintero de Cuenca ignoraba y que don Eugenio conocía por haber convivido con algunos personajes de la época.

He aquí lo que me contó Aviraneta.

IV

—En 1822—dijo don Eugenio—estuve yo en París, enviado por don Evaristo San Miguel, con el objeto de enterarme de los trabajos de los absolutistas españoles y franceses para provocar la intervención de Luis XVIII en España.

Algo averigüé, é hice cuanto pude para recabar el apoyo de los liberales franceses, aunque no conseguí gran cosa.

Sabía yo, como sabía todo el mundo, que habían ido varios delegados realistas españoles á París en busca de protección del Gobierno francés; lo que no supe, hasta pasado algún tiempo, fué de dónde salió el dinero que tuvieron para realizar sus planes.

Pagés, el secretario de D. Vicente González Arnao, á quien tú conociste en aquel *restaurant* de la calle de Montorgueill, el *Rocher de Cancal*; Pagés, á quien no hace muchos años vi en San Sebastián, ya viejo y enfermo, me lo contó.

La Regencia de Urgel había enviado en 1822 á D. Fernando Martín Balmaseda á París en busca de recursos para la Restauración española.

Balmaseda se dirigió á los absolutistas, desde los más altos á los más bajos; llamó á todas las puertas, y recogió una abundante cosecha de votos, promesas, protestas de amistad, manifestaciones de entusiasmo, etc., etc.

Balmaseda buscaba esto; pero buscaba también un préstamo de trescientas á cuatrocientas mil pesetas para la Regencia de Urgel, con las cuales pudiera comenzar sus trabajos.

Balmaseda vió, sin gran sorpresa, que á pesar de los grandes ofrecimientos, el dinero no aparecía por ningún lado.

Inventó algunas combinaciones, pero nadie cayó en el lazo.

Un día, en el hotel, ya en pleno desaliento, reci bió la visita de un español que se llamaba Toledo. Toledo había huído de España por varias estafas, pero se hacía pasar por emigrado político realista.

Balmaseda tuvo la corazonada de oír á su compatriota, de darle una moneda de cinco francos y de explicarle las dificultades con que tropezaba para encontrar dinero.

Toledo le dijo:

—¿Ha visto usted á Fernán-Núnez?

—Sí

—¿Y á los demás realistas ricos?

—A todos.

—¿Y nada? ¿No están en fondos?

—Nada.

—¿Sabe usted lo que haría yo?—dijo Toledo.

—¿Qué?

Ir á ver á la princesa de Caraman Chimay.

—¿Y qué tenemos que ver con ella?

—La princesa de Caraman Chimay es nuestra compatriota, Teresa Cabarrús, madame Tallien.

—¡La revolucionaria!—exclamó Balmaseda.

—¡Bah! ya no es revolucionaria—replicó Toledo.—No hay princesas revolucionarias. Además ésta se va haciendo vieja, y como no tiene adoradores de carne, se dedica á los santos, y sustituye el *boudoir* por la iglesia.

Balmaseda, que era hombre un tanto de sacristía torció el gesto con la explicación, y preguntó secamente:

—¿Y qué puede hacer por nosotros Teresa Cabarrús?

—Mucho. Teresa Cabarrús ha sido la amante del banquero Ouvrard. Ouvrard es el único hombre capaz de prestar para una cosa así una millonada. Si Teresa se lo indica, lo hace.

Toledo se marchó, y Balmaseda quedó pensando que el consejo de aquel perdulario no dejaba de tener interés, y tras de vacilar un tanto, se decidió á escribir á la bella Teresa explicándole su misión y diciéndole lo que esperaba de ella.

La bella Teresa, la célebre Notre-Dame de Thermidor, que había lanzado á Tallien con un puñal contra Robespierre, estaba aquel día para salir de

París á su palacio de Menars, cerca de Blois, pero había retrasado el viaje por la indisposición de un hijo suyo.

Teresa leyó la carta, y con una esquela suya mandó que se la enviaran á Ouvrard.

Ouvrard entonces era el *lion* de la especulación, el hombre de negocios de la época, un Law injerto en un Petronio.

Ouvrard fué uno de los primeros banqueros de París, uno de los que comenzaron el reinado de la plutocracia.

Ouvrard vivió como un nabab: dió las fiestas más espléndidas y ricas, alternó con la alta aristocracia. Ouvrard era hijo de sus obras; la suerte y el amor le favorecieron.

Ouvrard había sido una de las bellezas masculinas del Consulado; había sido llamado el bello Ouvrard. El bello Ouvrard tuvo amores con la bella Teresa Cabarrús, y de esta conjunción del Apolo bretón y de la Venus española nacieron varios hijos.

Bonaparte, celoso de la fortuna y de los éxitos del bello Ouvrard, lo prendió, lo desterró, lo anuló; pero Waterloo permitió al especulador entrar en Francia, y pronto volvió á brillar en París.

Al día siguiente de escribir Balmaseda á Teresa Cabarrús, el delegado realista español recibía una carta del banquero francés citándolo en su casa.

Balmaseda se presentó al banquero, y en pocas palabras le explicó lo que necesitaba.

—Soy delegado de la Regencia de Urgel—le dijo—y he venido para pedir al Gobierno francés un auxilio de dos millones de francos, orden para el paso de armas por la frontera, dos regimientos suizos, un buque de transporte y una fragata para auxiliar á los realistas de España.

—¿Y el Gobierno se lo ha concedido?

—En parte sí, en parte no. El dinero no lo tenemos aún, y como los trabajos urgen, he pensado si usted podría anticiparnos trescientos mil francos á cuenta de los dos millones que tenemos que cobrar

—Amigo mío—dijo Ouvrard, sonriendo—su proposición me prueba que no es usted un hombre de negocios.

—¿Por qué?

—Porque yo no le puedo prestar trescientos mil francos; la Regencia los tragaría en un momento, y yo perdería mi dinero. Usted necesita cuatrocientos millones de francos, y yo se los puedo proporcionar á usted en ciertas condiciones.

El español, estupefacto, murmuró:

Veamos en qué condiciones.

Estas condiciones son: Primera. La Regencia de Urgel se llamará desde luego Regencia de España.

—Esto no creo que sea difícil—dijo Balmaseda.

—Segunda. La Regencia será reconocida con personalidad por el Congreso de Verona y por Francia.

—Trabajaré en ello. El ministro Villele parece que se muestra propicio.

—Tercera—siguió diciendo el banquero . Se asegurará una amortización del 2 por 100.

—Está bien.

— Cuarta. Se pagará un interés del 5 por 100. De aceptar, M. Rougemont de Lowenberg será el banquero.

—Por ahora no encuentro nada imposible.

—Y quinta y última. El Gobierno español me reembolsará las sumas que le he prestado anteriormente, con los intereses.

A esto Balmaseda calló un momento y dijo, después de pensarlo, que no tendría más remedio que consultar con la Regencia.

—Consúltelo usted, y tràigame cuanto antes la contestación —replicó Ouvrard, levantándose é inclinándose fríamente.

Balmaseda comenzó al momento sus trabajos con gran diligencia. Escribió al Gobierno de Luis XVIII pidiendo que reconociese la Regencia de Urgel, pero Villele se negó á ello.

Al mismo tiempo comunicó al triunvirato de la Regencia: Eroles, Mataflorida y Creux, la proposición de Ouvrard. Estos no creyeron que podían comprometerse á tanto como pedía el banquero. Algunos emisarios del Gobierno francés, entre ellos el vizconde de Boiset, intentaron convencer á los miembros de la Regencia absolutista de las ventajas de la proposición Ouvrard; pero ellos, sobre todo Mataflorida y Creux, no quisieron ceder.

Balmaseda fué á ver á Ouvrard, se cambiaron las condiciones del empréstito, se prescindió de la Regencia de Urgel, se hizo que Eguía y sus amigos garantizaran la operación, y se firmó el compromiso el 1.° de Noviembre de 1822.

Desde aquel momento el papel de la Regencia de Urgel comenzó á bajar y el de los amigos de Eguía á subir.

El empréstito de Ouvrard, lanzado á la publicidad, tuvo sus dificultades. Nuestro embajador, el duque de San Lorenzo, denunció á Ouvrard ante el fiscal; el banquero M. Rougemont no quiso tomar parte en el negocio, y Ouvrard le sustituyó por M. Tourton, Ravel y Compañía; el Gobierno francés estaba indeciso, pero el empréstito se cubría.

En este lapso de tiempo la Regencia de Urgel, huída de Cataluña, se estableció en Tolosa de Francia, y después en Perpiñán.

Ouvrard, viendo que el Gobierno francés no se decidía á declarar la guerra á España, envió sus agentes á Eguía y á Quesada para activar las operaciones.

Quedaron de acuerdo en prescindir de la Regencia de Urgel y en obrar sin contar con ella para nada.

Los agentes de Ouvrard propusieron el que los generales realistas hicieran una intentona y se acercaran á Madrid.

Ni Eguía ni Quesada estaban en condiciones de intentar esta correría, y se decidió que la hiciera Bessieres.

Ouvrard mismo se vió con Bessieres y conferenció con él. Se sorprendieron ambos al saber que los dos eran masones. El banquero expuso su proyecto. Se trataba de reunir diez ó doce mil hombres, acercarse á Madrid, entrar en la capital y disolver las Cortes.

Bessieres, que era hombre de instinto militar, vió que el proyecto era factible, y expuso su plan. Formaría él un núcleo de tres ó cuatro mil hombres en Mequinenza y marcharía hacia el centro. En el camino se le reunirían las fuerzas realistas de Valencia, Aragón y el Maestrazgo, y todas juntas, en número de seis á ocho mil, avanzarían sobre la capital. Era, poco más ó menos, la misma operación militar que hicieron los aliados al mando de Stanhope y otros jefes en la guerra de Sucesión.

—Veamos el presupuesto de esta maniobra—dijo el banquero.

Bessieres, reunido con su lugarteniente Delpetre, su sobrino Portas y otros varios realistas, hizo este presupuesto:

A Jorge Bessieres, para organizar una brigada y hacer varios trabajos de compra y espionaje....	*Francos.*	200.000
A Bartolomé Talarn y sus fuerzas..................		100.000
A Sempere, el Serrador, Royo de Nogueruelas, Arévalo el de Murviedro, etc..................		100.000

Al coronel D. Nicolás de Isidro..........	*Francos.*	50.000
A Chambó, Forcadell, Peret del Riu, Tallada, Perciva (el *Fraile*), y Viscarró (alias *Pa Secb*)........		100.000
A Capape, Carnicer y el Organista...............		100.000
A Ulman..............................		50.000
Total......................		750.000

Ouvrard encontró que la suma era muy crecida, y Bessieres la rebajó.

Después de regatear el cabecilla y el banquero quedaron de acuerdo en que Ouvrard iría girando cantidades á medida que Bessieres avanzara.

Así salió Bessieres, enviado por Ouvrard *en enfant perdu*—como decía el banquero— para pulsar al enemigo.

Bessieres tomó la parte del león, del dinero enviado por Ouvrard. Cincuenta ó sesenta mil duros fueron á parar á su bolsillo. Así se explica el lujo de sus uniformes, sus bordados y sus magníficos caballos en esta época. Corría por debajo el dinero de los tenderos y de los porteros de París después de pasar por la bomba aspirante de Ouvrard.

—Esta explicación—terminó diciendo Aviraneta con su voz ronca—no añade m quita nada á la historia que me has contado; pero aclara un punto que siempre tiene interés: la procedencia del dinero. Así como en la averiguación de los crímenes se ha dicho: buscad á la mujer, en la investigación de las intrigas políticas, revolucionarias ó reaccionarias hay que decir: buscad el dinero.

—¡Qué rarezas tiene el Destino!—exclamé yo—. Un capricho de Teresa Cabarrús, en París, produce la catástrofe de dos enamorados en Cuenca.

—Es la Fatalidad, la Ananké—exclamó Aviraneta, que sabía lo que significaba esta palabra por haberla leído en *Nuestra Señora de París*, de Víctor Hugo.

—Extrañas carambolas.

—Sí, muy extrañas; y Aviraneta se frotó las manos, movió con la paleta la ceniza del brasero y se echó el embozo de la capa sobre las piernas.

PARTE PRIMERA

I

CUENCA

Cuenca, como casi todas las ciudades interiores de España, tiene algo de castillo, de convento y de santuario. La mayoría de los pueblos del centro de la península dan una misma impresión de fortaleza y de oasis; fortaleza, porque se les ve preparados para la defensa; oasis, porque el campo español, quitando algunas pequeñas comarcas, no ofrece grandes atractivos para vivir en él, y en cambio la ciudad los ofrece comparativamente mayores y más intensos.

Así, Madrid, Segovia, Cuenca, Burgos, Avila presentan idéntico aspecto de fortalezas y de oasis en medio de las llanuras que les rodean, en la monotonía de los yermos que les circundan, en esos parajes pedregosos, abruptos, de aire trágico y violento.

En la misma Andalucía, de tierras fértiles, el campo apenas se mezcla con la ciudad; el campo es para la gente labradora el lugar donde se trabaja y se gana con fatigas y sudores; la ciudad, el albergue donde se descansa y se goza. En toda España se nota la atracción por la ciudad y la indiferencia por el campo. Si un hombre desde lo alto de un globo eligiera sitio para vivir, en Castilla elegiría la ciudad: en aquella plaza, en aquel paseo, en aquella alameda, en aquel huerto; en cambio, en la zona cantábrica, en el país vasco, por ejemplo, elegiría el campo, este recodo del camino, aquella orilla del río, el rincón de la playa... Así se da el caso, que á primera vista parece extraño, la llanura monótona sirviendo de base á ciudades fuertes y populosas; en cambio, el campo quebrado y pintoresco escondiendo únicamente aldeas.

La ciudad española clásica colocada en un cerro, es una creación completa, un producto estético, perfecto y acabado. En su formación, en su silueta, hasta en aquellas que son relativamente modernas, se ve que ha presidido el espíritu de los romanos, de los visigodos y de los árabes.

Son estas ciudades, ciudades roqueras, místicas y alertas: tienen el porte de grandes atalayas para otear desde la altura.

Cuenca, como pueblo religioso, estratégico y guerrero, ofrece este aire de centinela observador.

Se levanta sobre un alto cerro que domina la llanura y se defiende por dos precipicios, en cuyo fondo corren dos ríos: el Júcar y el Huécar.

Estos barrancos, llamados las Hoces, se limitan por el cerro de San Cristóbal, en donde se asienta la ciudad y por el del Socorro y el del Rey que forman entre ellos y el primero fosos muy hondos y escarpados.

El foso, por el que corre el río Huécar, en otro tiempo y como medio de defensa podía inundarse.

El caserío antiguo de Cuenca, desde la cuesta de Vélez, es una pirámide de casas viejas, apiñadas, manchadas por la lepra amarilla de los líquenes.

Dominándolo todo se alza la torre municipal de la Mangana. Este caserío antiguo, de romántica silueta, erguido sobre una colina, parece el Belén de un nacimiento. Es un nido de águilas hecho sobre una roca.

El viajero al divisarlo recuerda las estampas que reproducen arbitraria y fantásticamente los castillos de Grecia y de Siria, los monasterios de las islas del Mediterráneo y los del monte Athos.

Desde la orilla del Huécar, por entre moreras y carrascas, de abajo a arriba, se ve el perfil de la ciudad conquense en su parte más larga.

Aparecen en fila una serie de casas amarillentas, altas, algunas de diez pisos, con paredones derruídos, asentadas sobre las rocas vivas de la Hoz, manchadas por las matas, las hiedras y las mil clases de hierbajos que crecen entre las peñas.

Estas casas, levantadas al borde del precipicio, con miradores altos, colgados, y estrechas ventanas, producen el vértigo. Alguna que otra torre descuella en la línea de tejados que va subiendo hasta terminar en el barrio del Castillo, barrio rodeado de viejos cubos de murallas ruinosas.

Salvando la hoz del Huécàr existía antes un gran puente de piedra, un elefante de cinco patas sostenido en el borde del río que se apoyaba por los extremos, estribándose en los dos lados del barranco.

Este puente, que servía para comunicar el pueblo con el convento de San Pablo, había sido costeado por el canónigo D. Juan del Pozo en el siglo XVI. A fines del XVIII el puente del Canónigo se rompió, derrumbándose el primer machón y el segundo arco del lado de la ciudad, y quedó así roto durante muchos años.

De los dos ríos conquenses, el Huécar fué siempre utilizado en el pueblo para mover los molinos y regar las huertas. El Júcar, más solitario, era el río de los pescadores. Se deslizaba por su hoz tranquilo, verde y rumoroso. Desde su orilla, al pie del cerro donde se asienta Cuenca, se veía el caserío del pueblo sobre los riscos y las peñas, y en la parte más alta se destacaba la ermita de Nuestra Señora de las Angustias.

Como casi todas las ciudades encerradas entre murallas, Cuenca sintió un momento la necesidad de ensancharse, de salir de su angosto recinto, de bajar de su roca á la llanura. Tal necesidad la experimentó más fuertemente a principios del siglo XIX, y creó un arrabal ó ciudad baja.

En estos pueblos, con ciudad alta y ciudad baja, se da casi siempre el mismo caso: en lo alto, la aristocracia, el clero, los representantes de la milicia y del Estado; en lo bajo, la democracia, el comercio, la industria.

En estos pueblos el pasado está siempre en alto y el presente siempre en bajo. No hay que extrañar que el espíritu de su vecindario sea casi siempre retrógrado.

El arrabal de Cuenca, formado principalmente por una calle larga á ambos lados del camino real, se llamó la Carretería.

Desde principio del siglo el arrabal comenzó á tener importancia. En las luchas constitucionales únicamente la Carretería daba voluntarios para la Milicia Nacional.

La Carretería era progresiva; la ciudad alta era perfectamente reaccionaria, perfectamente triste, estancada, desolada y levítica.

Aquel Belén de nacimiento vivía con un espíritu de inmovilidad y de muerte.

En el arrabal se sentía de cuando en cuando alguna agitación: llegaba hasta allá la oleada del mundo, se hablaba, se discutía, se leían gacetas; en el Belén alto no había más agitación que la del aire cuando sonaban las campanas de la catedral, de las iglesias y de los conventos, cuando el organista tocaba sus motetes y sus fugas y sonaba la campanilla del Viático por las calles.

En el arrabal había movimiento: pasaba la diligencia con el correo, y muchos carros y caballerías sueltas que se detenían en las posadas y figones; en la plaza y en las calles próximas no se veía casi nunca á nadie: únicamente dos ó tres viejos que tomaban el sol, los chicos que salían de la escuela y tiraban piedras á los gorriones y á los perros; alguno que otro militar, y, á ciertas horas, grupos de curas que entraban en la catedral.

El mayor acontecimiento de este barrio era la salida y llegada del señor obispo en su carruaje.

Al anochecer solía pasar por las calles y callejones de la ciudad vieja un ciego con su guitarra que cantaba oraciones y milagros de los santos, con una magnífica voz de barítono.

Este ciego, el *Degollado,* tenía el cuello lleno de grandes cicatrices, la cara marcada con un taraceo de puntos azules producidos por granos de pólvora, los ojos huecos y la barba negra, de profeta judío.

Según algunos, el *Degollado* había quedado así en tiempo de la guerra de la Independencia; otros afirmaban que había pertenecido á una compañía de bandoleros, á la que hizo traición y que sus antiguos complices por venganza le dejaron como estaba.

El *Degollado* solía ir por las tardes por el pueblo, envuelto en su capa, tanteando con el bastón y abriendo las puertas de las tiendas y cantando un momento delante de ellas...

De noche la ciudad alta quedaba aislada y encerrada en sus murallas. Su recinto tenía seis puertas y tres postigos. De estas seis, exceptuando la de Valencia y la de Huete, las demás, la del Castillo, la de San Pablo, la del Postigo y la de San Juan, se cerraban á la hora de la queda.

Los postigos de las casas estaban tapiados y hacía tiempo que no se abrían.

Cuenca tenía á principios del siglo XIX pocas calles, y éstas estrechas y en cuesta. Quitando la principal, que, con distintos nombres, baja desde la Plaza del Trabuco hasta el Puente de la Trinidad, las demás calles del pueblo viejo no pasaban de ser callejones.

Las cuestas y desniveles de la ciudad hacían que la planta baja de una casa fuera en una calle paralela un piso alto; así se decía de Cuenca que era pueblo en donde los burros se asomaban á los cuartos y quintos pisos, y era verdad.

En 1823, época en que pasa nuestra historia, Cuenca era una de las capitales de provincia más muertas de España.

Entre los arrabales y la ciudad apenas llegaban sus habitantes á cuatro mil.

Tenía catorce iglesias parroquiales, una extramuros; siete conventos de frailes, seis de monjas, cinco ó seis ermitas y la catedral. Con este cargamento místico no era fácil que pudiera moverse libremente.

En esta época había llegado la ciudad á la más profunda decadencia: las fábricas de paños y de alfombras, que en otro tiempo trabajaban para toda España, y la ganadería, tan importante en la región, estaban arruinadas.

Durante la guerra de la Independencia, los saqueos de los mariscales Moncey, Víctor y Caulaincourt precipitaron la ruina de Cuenca...

....

Si por su poca vida comercial é industrial Cuenca estaba entre las últimas capitales de España, por su aspecto dramático y romántico podía considerársela de las primeras.

Recorrer las dos Hoces desde abajo, entre los nogales, olmos y huertas de las orillas del Júcar y del Huécar, ó contemplarlas desde arriba, viendo cómo en su fondo se deslizaba la cinta verde de sus ríos, era siempre un espectáculo sorprendente y admirable.

También admirable por lo extraño era recorrerla de noche á la luz de la luna, y, sentándose en una piedra de la muralla mirarla envuelta en luz de plata hundida en el silencio.

Poco á poco, para el paseante solitario y nocturno, este silencio tomaba el carácter de una sinfonía, murmuraban los ríos, estallaba el ladrido de un perro, sonaba el chirriar de las lechuzas, silbaba el viento en la copa de los árboles y se oía á intervalos el cantar agorero del buho como el lamento de una doncella estrechada en los brazos de un ogro en el fondo de los bosques.

En aquellas noches claras, las callejas solitarias, las encrucijadas, los grandes paredones, las esquinas, los saledizos, alumbrados por la luz espectral de la luna, tenían un aire de irrealidad y de misterio extraordinario. Los riscos de las Hoces brillaban con resplandores argentinos, y el río en el fondo del barranco murmuraba confusamente su eterna canción, su eterna queja, huyendo y brillando con reflejos inciertos entre las rocas.

II

LA CASA DE LA SIRENA

En una calle estrecha, próxima á la plaza, no lejos del Seminario, existía por entonces una casa antigua, alta, de color gris. Por su aire medioeval y por su altura recordaba los palacios sombríos de Florencia; tenía varios pisos con ventanas estrechas, y únicamente en el principal dos balcones de mucho vuelo, con hierros labrados.

En la fachada, sobre el arco de la puerta de grandes dovelas, ostentaba un escudo, probablemente más moderno que la casa, con varios cuarteles; en el principal ó jefe se veía una sirena con un espejo y un peine, y en los demás un sol, varios dardos y una granada.

La sirena, sobre todo, estaba muy finamente esculpida: tenía una expresión libre y burlona; los pechos salientes y abultados, el cabello en desorden, y aparecía, con su cuerpo mixto de mujer y de pez escamoso, sobre el mar.

Al parecer se habían hecho varias suposiciones acerca de esta sirena, de aire erótico y picaresco; unos sospechaban indicaba la procedencia marina de la familia fundadora de la casa; otros afirmaban que esta figura simbólica era el blasón del valle de Bertiz Arana, en Navarra, y que el fundador de la familia procedería de allí; lo cierto era que los dos ó tres eruditos del pueblo no estaban de acuerdo en la historia ni en la genealogía de aquella burlona dama del mar llevada tan tierra adentro.

La gente denominaba la casa con el nombre de la Casa de la Sirena. La fachada de esta era de piedra sillería, admirablemente labrada; tenía ménsulas con figuras que sostenían los balcones y canecillos debajo del alero.

En el piso bajo ostentaba una reja labrada, y los batientes de la puerta estaban llenos de clavos repujados que parecían florones.

Por la parte de atrás, la casa daba á la hoz del Júcar, y desde sus ventanas, sobre todo de las altas, se dominaba el barranco, en cuyo fondo corría el río de un verde lechoso.

La casa de la Sirena era por dentro estrecha, obscura y sombría. Los muros, espesos, hacían que las ventanas pequeñas parecieran saeteras, por donde apenas entraba la luz; por todas partes olía á humedad y á cerrado. Sin duda el que mandó construir la casa temía al viento, que azotaba allí de firme, y no era muy apasionado del sol.

Los pisos de la casa, sobre todo los dos más altos, se hallaban desmantelados y con los suelos deshechos y los cristales rotos; en cambio, el piso principal estaba restaurado. Una escalera apolillada, que se torcía en unos tramos á la derecha y en otros á la izquierda, iba desde el zaguán enlosado hasta la guardilla.

Los cuartos altos daban una impresión de abandono y de pobreza. Las habitaciones eran pequeñas, con muchos tabiques que dejaban rincones y pasillos obscuros y sombríos; los techos se venían abajo y las paredes se cuarteaban.

De noche las ratas se paseaban por todas partes, corriendo, rodando, trotando y chillando.

La guardilla estaba abandonada á una tribu de lechuzas que tenían allí su vivienda. Casi todas las tardes, al anochecer, sobre la chimenea ó sobre la veleta roñosa, que ya no giraba, se colocaba una lechuza, grande y gris, de observación, y al hacerse de noche se lanzaba al aire con su vuelo tardo y pasaba á veces chirriando y dando aletazos cerca de las ventanas.

En el tejado se alojaban también una nube de golondrinas y vencejos que habían obturado con sus nidos las cañerías y las chimeneas.

El piso principal era el único arreglado en esta casa vetusta; se le habían abierto ventanas anchas y simétricas á la calle y al callejón, y embaldosado y empapelado algunas habitaciones. El mobiliario era también nuevo constituído por muebles recién barnizados, armarios grandes, cómodas ventrudas, veladores y canapés.

La casa de la Sirena de antiguo pertenecía á la familia de Cañizares.

Los Cañizares aparecían en Cuenca desde la Conquista.

Esta familia, emparentada con los Albornoces y los Barrientos, se había distinguido en la historia de la ciudad.

El último vástago de los Cañizares conservaba el derecho de entrar en la capilla de los Caballeros de la catedral.

Por los Barrientos, los Cañizares eran descendientes de una dama, Doña Inés de Barrientos, que en en tiempos de Carlos V se distinguió por su fiera venganza.

A raíz de la formación de las Comunidades de Castilla se puso al frente del movimiento, en Cuenca, un caballero de gran posición, D. Luis Carrillo de Albornoz. Este caballero, poco satisfecho del giro democrático y antirealista que tomaba la revuelta comunera, se retiró a su casa abandonando el mando á los regidores populares. Los regidores, deseando que los gobernara un caudillo de su clase, nombraron á uno de oficio frenero.

Carrillo estaba casado con Doña Inés de Barrientos, hembra brava y orgullosa.

Al dejar de ser jefe de los comuneros el pueblo

señaló a Carrillo con su odio, y no había día en que no le insultara y le zahiriese públicamente.

Doña Inés, iracunda, juró vengarse, y para ello preparó su plan. Decidió mostrarse más comunera que su marido y ganarse la amistad de los trece regidores del Municipio. Ellos, satisfechos de verse atendidos y contemplados por una dama de tan alta alcurnia, iban con frecuencia á su palacio.

Una noche, Doña Inés convidó á cenar á los trece. Los regidores bebieron de más, se turbaron, y al salir, uno á uno, Doña Inés los hizo matar por sus criados, y después mandó colgarlos, por el cuello, de los balcones de su casa. A la mañana siguiente el pueblo quedó atónito al ver los trece cadáveres balanceándose en los balcones del palacio.

La familia de los Barrientos había sido de las más poderosas y ricas. En uno de los esquileos de la casa, á mediados del siglo XVIII, registró veinticuatro mil cabezas de ganado merino.

A fines del mismo siglo los Barrientos y los Cañizares comenzaron á decaer, y en tiempo de la guerra de la Independencia los Barrientos desaparecieron y los Cañizares quedaron completamente arruinados.

Por esta época el jefe de la casa era D. Diego Cañizares, militar que llegó á coronel en 1813. Don Diego se hallaba casado con Doña Gertrudis Arias. En su juventud, D. Diego había sido un calavera, y devorado su fortuna. A los treinta años, al entrar los franceses en España, se alistó en el ejército; peleó en Arapiles y Vitoria, y fué ganando sus grados hasta coronel en el campo de batalla.

D. Diego, que en la guerra de la Independencia, á juzgar por su hoja de servicios, tuvo momentos de heroicidad, al concluir la campaña se presentó en Cuenca y volvió á seguir su vida de calavera.

No veía la diferencia que hay entre un joven vicioso y un viejo perdido, y que lo que en uno parece ligereza en el otro semeja cinismo.

D. Diego recurrió á todos los medios para procurarse dinero, y se hizo jugador, tramposo y prestamista.

Su mujer, Doña Gertrudis Arias, era una señora severa y orgullosa que había sufrido en silencio los ultrajes inferidos por su esposo.

D. Diego y Doña Gertrudis tuvieron un hijo, Dieguito, que fué el retrato achicado y degenerado del padre. Dieguito era un alcohólico, un perturbado. A los veinticinco años le casaron con una señorita de Barrientos, prima suya en segundo grado, y de este matrimonio hubo una hija llamada Asunción.

La madre de Asunción murió poco después de la guerra de la Independencia.

El viejo D. Diego consideró indispensable que su hijo, viudo, se casara con alguna mujer rica, y se entendió con un contratista de la Carretería llamado *el Zamarro* y arregló el matrimonio de su hijo, con la hija del contratista. Pensaba explotar al consuegro mientras pudiera.

El matrimonio de Dieguito y la hija del *Zamarro* no pudo ser más lamentable.

Dieguito iba en camino de la parálisis general, estaba tonto, alelado; la hija del *Zamarro*, la Cándida, era una muchacha joven, guapa y fuerte.

Con un intervalo muy corto de días, en 1819, murieron los dos Cañizares, Diego y Dieguito, y quedaron viudas Doña Gertrudis y Cándida, la hija del *Zamarro*.

La hija de Dieguito, Asunción, quedó de quince años huérfana de padre y madre.

En la casa de la Sirena el piso principal lo ocupaban Cándida y su hijastra Asunción; en el segundo estaba el archivo de un escribano; en el tercero vivían dos señoritas viejas solteras, y en el cuarto Doña Gertrudis. Los pisos más altos estaban inhabitables.

Doña Gertrudis era una vieja arrugada, seca, con el pelo blanco, un tanto fatídica.

Arruinada por su marido, no contaba para vivir más que con la viudedad que le pasaban.

Doña Gertrudis tenía una cara pálida, dura, impasible, surcada por arrugas rígidas.

Cuando salía á la ventana de su cuarto se la hubiera tomado por una gárgola gótica ó por un espectro.

En la casa, la Cándida vivía con la mayor comodidad y lujo.

La Cándida era una mujer poco inteligente, de

gustos bajos y vulgares. Su padre, *el Zamarro*, había sido un tendero que, en tiempo de la guerra de la Independencia, hizo algunas especulaciones afortunadas y reunió un capital bastante grande para un pueblo.

El *Zamarro* dió á su hija, al casarse, una dote de treinta mil duros.

La Cándida había sido siempre una muchacha mimada.

Su padre, hombre burdo, tosco, excitó en ella únicamente la vanidad.

—Tú serás rica—le decía—; tú podrás lucir.

Y ella, sin educación ninguna, había llegado á pensar que lo principal en el mundo era lucir. Para satisfacer esta ansia de elevación se casó con Dieguito. El aparecer dueña de una casa principal como la de Cañizares la seducía.

Por entonces, al quedar viuda, la Cándida era una mujer rozagante, de unos veintisiete ó veintiocho años, ajamonada, la nariz respingona, los labios rojos y gruesos, muy abultada de pecho y de caderas, los ojos negros, brillantes; el tipo basto de buena moza que producía grandes entusiasmos cuando pasaba por la calle entre los estudiantes, los oficiales jóvenes y la clase de tropa.

La Cándida pensaba volver á casarse si topaba con algún militar ó persona de posición que le conviniese. Hubiera querido encontrar un marido y quedarse á vivir en la casa de la Sirena.

La Cándida, mujer voluble y sensual, se manifestaba á ratos seca, á ratos afectuosa. Tenía cierto talento de seducción; halagaba á todo el que quería sin medida.

A Asunción, su hijastra, comenzó á mimarla al principio, adornándola, dándole golosinas; luego, sin motivo, la desdeñó y la olvidó.

La Cándida quería que todo el mundo se ocupara de ella; necesitaba sentir la oficiosidad de la gente, el vaho de la adulación.

Al ver que su suegra y su hijastra no se entregaban, comenzó á mirarlas con antipatía, y al último, experimentó por ellas verdadero odio, sobre todo por doña Gertrudis.

Este odio, cada vez más fuerte, hizo que suegra y nuera no se hablaran y después no quisieran verse.

La Cándida intentó obligar á la vieja á que se fuera de la casa, pero la casa era de Asunción, y ésta, hasta llegar á su mayoría de edad, para lo que le faltaban cuatro años, no podía venderla.

La vida de Asunción, colocada entre los odios de su abuela y de su madrastra, fué triste y melancólica. Toda la existencia de la muchacha estaba saturada de impresiones penosas y tristes.

En su infancia había presenciado la muerte de su madre, la enfermedad del padre; luego, riñas entre la abuela y el abuelo, apuros pecuniarios; después, la llegada á la casa de la madrastra y la guerra sorda entre ésta y su abuela.

A pesar de su aspecto débil, Asunción tenía gran resistencia y una personalidad fuerte.

El tipo físico suyo, al decir de los amigos de la casa, recordaba el de su madre.

Era muy esbelta, delgada, con una palidez de cirio; el óvalo de la cara, muy largo; los ojos, grandes, negros, inquietos; los labios, de un rosa descolorido; la expresión, de seriedad y de reserva.

En la calle, y endomingada, parecía insignificante: una señorita de pueblo agarrotada en un traje nuevo; en casa, y vestida de negro, estaba muy bien; se comprendía al verla que una vida sana podía hacer de esta niña clorótica una mujer hermosa.

La Cándida, que se creía á sí misma un modelo, y que tenía una idea de la belleza de la mujer ordinaria y grosera, decía á su doncella la Adela:

—¿Qué te parece á ti la Asunción? No va á ser guapa esta chica, ¿verdad?

—Claro, al lado de la señorita—contestaba la doncella.

—No, no; yo no soy guapa. ¡Luego, Asunción es tan huraña! Parece una cabra.

Ciertamente. Asunción se mostraba áspera y poco amable con las personas á quienes trataba por primera vez. Su vida solitaria le daba gustos de recogimiento.

Asunción apenas salía de casa; su madrastra le había señalado en el piso principal un cuarto elegante, empapelado y con cortinones, que tenía un balcón que hacía esquina; pero ella prefería dejar este cuarto elegante é ir á las habitaciones desmanteladas del piso, donde vivía doña Gertrudis, su abuela.

En casa de Doña Gertrudis había un viejo mirador, casi colgado sobre un abismo, que daba encima de la Hoz del Júcar. Desde allá arriba se veía el barranco y el río; las golondrinas y los vencejos pasaban rozando con el ala el barandado, y á veces los milanos se acercaban tanto, como si tuvieran curiosidad de saber lo que pasaba en el interior.

Asunción solía estar allí mucho tiempo.

Doña Gertrudis vivía en su cuarto alto sola, sin criada. Esta señora parecía la estampa de la severidad. Cobraba del Gobierno una pensión de veintidós duros al mes y la ahorraba íntegra: se alimentaba de la pequeña renta de una tierra.

Doña Gertrudis había llegado á odiar profundamente á su nuera. Esta dió á su marido al casarse diez mil pesetas para levantar una hipoteca que gravaha sobre la casa de la Sirena. Doña Gertrudis quería reunir las diez mil pesetas, devolvérselas á la Cándida y entregar á su nieta la finca sin gravamen, para que fuese ella la dueña absoluta.

Doña Gertrudis estaba fuerte: barría, hacía su cama y su comida en un hornillo pequeño; después, sentada en un sillón frailero, con los anteojos puestos, leía y rezaba una novena cada día.

Tenía una colección de libros amarillentos y usados, impresos en letras grandes. Hacía también que su nieta le leyera unas viejas ejecutorias que sacaba de un armario, y las escuchaba siempre como si fuera la primera vez que las oía.

Doña Gertrudis, seca, arrugada, dura, parecía el espíritu de la tradición de la casa; la Cándida era la ansiosa advenediza, que intentaba apoderarse de la vieja morada de la Sirena.

Entre estas dos mujeres, que se odiaban, vivía Asunción su vida humilde, como las plantas que nacen en la hendidura de dos losas, sin espacio para desarrollarse. Asunción cosía, bordaba, cuidaba de los tiestos y leía las ejecutorias que sacaba su abuela.

III

MIGUELITO TORRALBA

Tal era la situación de la casa de la Sirena cuando aparecieron nuevos elementos que influyeron en ella. Uno de estos fué un joven calavera, Miguelito Torralba, que un día, por entretenimiento, comenzó á seguir y á galantear á Asunción. Ella, asombrada, manifestó primero sorpresa, luego un gran desdén; pero Miguelito, hombre perseverante, cuando se proponía algo, no cejó. Siguió mirando á la muchacha, paseándole la calle á pesar del desprecio que ella le demostraba. Miguelito era hijo de una viuda y vivía con ella y con un hermano más joven llamado Luis.

Los Torralbas poseían una casa antigua en la calle de Caballeros, con un huertecito. Eran parientes lejanos de los Cañizares y Barrientos.

La viuda, madre de Miguel, señora de escaso patrimonio, había gastado mucho con su hijo mayor, enviándole á estudiar á Salamanca.

Miguelito hizo poca cosa de provecho en la vieja

ciudad universitaria; derrochó su dinero, corrió la tuna y volvió á Cuenca á los cuatro ó cinco años con un criado que había recogido, á quien llamaba su escudero.

Miguelito volvió con muchas habilidades de poca utilidad práctica, entre ellas hacer versos y tocar la guitarra.

La madre se resignó al ver que el dinero empleado por ella no había servido á su hijo para alcanzar una posición, y pensó que al menos le habría hecho ilustrado.

Por uno de estos espejismos maternales frecuentes, la madre de Torralba creía que su hijo mayor era una lumbrera y que el pequeño, en cambio, valía poco.

No existía ningún motivo para creerlo así; pero la madre de Torralba suponía que esta diferencia era evidente. Pensaba que con el tiempo, don Miguelito protegería á Luis y le ayudaría á desenvolverse en la vida.

La madre pidió al mayor que enseñara lo que sabía á su hermano menor, y el mayor accedió.

Miguel enseñó á Luis á traducir el latín y alguna que otra cosa que el muchacho aprovechó.

—¡Qué bondad la de mi hijo mayor!—pensó la madre.

Los dos hermanos eran muy distintos: Miguel, alto, esbelto, moreno, petulante, se las echaba de lechuguino. Solía tener con frecuencia diviesos en el cuello que le obligaban á llevarlo vendado. Luis, más bajo, rechoncho, tirando á rubio, era muchacho sencillo y no pensaba en darse tono.

Miguel estaba siempre fuera de casa; Luis, en Cuenca, gustaba de trabajar en el huerto, y en el campo, de recorrer la hacienda.

Miguel era aficionado á las indumentarias teatrales; gastaba chambergo de ala ancha, capa de mucho vuelo y presumía de pie largo y estrecho.

Don Miguelito tenía en Cuenca, entre unos, fama de Tenorio; de atrevido entre otros, y de majadero entre algunos.

Don Miguelito era ridículo para casi todo el pueblo, menos para su hermano y para los amigos. Algunos de éstos le tenían por un genio; y cuando Miguelito peroraba le miraban pensando.

—¡Qué hombre! ¡Qué tipo!

La cabeza de don Miguelito era un lugar de confusión de ideas y sentimientos. Hubiera querido encontrar algo para dedicarse á ello con toda su alma.

Don Miguelito era impertinente sin notarlo, y excepción hecha de su madre, de su hermano y de algún amigo, quedaba con frecuencia mal ante las personas, demostrando su falta de discreción y de sentido. Su petulancia molestaba á la gente.

La madre le consideraba como un portento; pensaba que el día que adquiriera gravedad sería una maravilla. Estaba convencida de ello y tenía en esto tanta fe como en un dogma.

La estancia de don Miguelito en Cuenca, de vuelta de la Universidad, se distinguió por sus extravagancias y sus disparates.

Al principio se manifestó liberal, republicano y habló con énfasis de Catón, de Bruto y de Aristogiton.

En algunas partes, y excitado por sus mismas palabras, no se contentó con esto, sino que aseguró que era discípulo de Robespierre y de Marat y que consideraba la guillotina como la más sublime y la más humanitaria de las invenciones del hombre.

Afortunadamente para él la gente de Cuenca apenas tenía idea de Marat y de Robespierre, y no le hizo caso.

Cansado de perorar sin éxito, don Miguelito se lanzó á la crápula, y excepción hecha de los días que iba á los montes á cazar con sus dos perros, Gog y Magog, solía emborracharse con frecuencia y volvía á casa de madrugada.

Le acompañaba su escudero, el mozo perdido, llamado Garcés, á quien don Miguelito había encontrado muerto de hambre en Sevilla en una de sus expediciones de tuna. Garcés era hijo de una familia acomodada de un pueblo próximo á Cuenca llamado Pajaroncillo. Había estudiado en el seminario y sido un buen estudiante en los primeros años; luego con una transición brusca, se hizo un perdido, y comenzó á beber, á jugar, á frecuentar los garitos y por último, á robar. La familia de Garcés lo retiró al pueblo; el muchacho se arrepintió, entró de novicio en un convento y pocos meses más tarde se escapaba y volvía á su vida de tunante.

Unos años después de su escapada, Miguel Torralba lo encontró en Sevilla enfermo, lloroso y arrepentido, y lo llevó con él.

Garcés tenía la especialidad del arrepentimiento y de las lágrimas. Inmediatamente que le salía algo mal, se sentía contrito y marchaba á confesarse.

Don Miguelito, á poco de llegar á Cuenca, tenía una corte de ocho ó diez amigos desocupados como él, noctámbulos y holgazanes.

Paseaban éstos en cuadrilla por las dos Hoces del pueblo, por el alto de las murallas ó por el fondo del barranco, contemplando las rocas vivas y los matorrales á la luz de la luna.

Robaban gallinas y quesos; clavaban una noche la puerta ó la ventana de la vivienda de un pobre hombre; interceptaban una chimenea con trapos; sujetaban un coche á una anilla de una casa con una cuerda; metían un gato en un gallinero y hacían todas las clásicas calaveradas de todos los calaveras del mundo.

Alguno que otro tenía predilección por asustar á la gente haciendo de fantasma; habían formado también una rondalla de guitarras y bandurrias, y por las noches daban serenata á sus Dulcineas.

—Es don Miguelito y sus amigos—decían los vecinos, y muchos añadían:

¡De casta le viene al galgo!—, porque los Torralbas de Cuenca se habían distinguido siempre por su extravagancia.

Algunos llamaban á Miguel, Miguelito Caparrota, y le pronosticaban el mismo fin que al bandido andaluz, que, como se sabe, murió en la horca á pesar de que su asunto se arregló.

Don Miguelito había formado una asociación burlesca, de la que era presidente, cuyo objeto principal era beber y cantar. En las cenas celebradas por esta asociación se entonaba el viejo canto estudiantil, común á todas las Universidades de Europa, y que aun se recordaba en Salamanca á principios del siglo XIX.

Gaudeamus igitur.
juvenes dum sumus.

También con grotesca solemnidad se hacía la salutación al vino en latín macarrónico:

Ave, color vini clari
Ave, sapor sine pari
tua nos inebriari
digneris potentia.

La preocupación de Miguelito era mandar, demostrar su superioridad, producir asombro, sobre todo entre los suyos; así, para dirigirlos y admirarlos obraba y pensaba para ellos.

Era capaz de leer un libro largo y pesado con la esperanza de encontrar un par de frases con que sorprender á su auditorio. Don Miguelito vivía sólo para la galería.

Tal necesidad de producir expectación le impulsaba á hacer muchas necedades.

Una vez se lanzó al Júcar á salvar á un pescador de caña, sin saber nadar, y estuvo á punto de ahogarse; en otra ocasión salió fiador de un granuja, y estuvo á punto de arruinar á su madre. Poco después escribió un romance contra algunas viejas murmuradoras del pueblo. Este romance, que tituló *Las Comadres de Cuenca,* dió mucho que hablar y le conquistó una malísima fama.

Miguelito celebró exageradamente la hostilidad popular.

Todos los amigos encontraron que Torralba era un excelente versificador y que debía cultivar con más asiduidad el trato íntimo de las Musas.

Miguelito trabajó algunos días y sometió al juicio de sus camaradas varias poesías, como *A ella, Noche de luna, la Hoz del Júcar,* que fueron consideradas como obras maestras.

Por entonces un condiscípulo que había encontrado en su casa varios libros de astrología judiciaria y un astrolabio, se los envió á don Miguelito.

Este, ante el nuevo mundo que se abría á sus ojos, decidió con la mayor seriedad hacerse astrólogo.

Leyó la *Astrología,* de Pisanus; el libro *De præcos gnitione futurorum,* de Molinacci; el epítome *Totiu astrologiæ judiciales,* de Juan de España; los *Dis-*

cursos astrológicos, de Juan de Herrera; el libro de Paracelso, *De generatione rerum naturalium*, y las *Profecías*, de Nostradamus.

Después, para unir la teoría y la práctica, llevó al terrado de su casa el astrolabio, y allí se dedicaba á medir los ángulos y ver la conjunción de las estrellas.

Después de aprender á determinar el aspecto de los astros se dedicó á la predicción del porvenir. El horóscopo de su madre y el de su hermano resultaron felices; en cambio el suyo, dominado por Marte, fué completamente nefasto. Probablemente él mismo se había preparado en el horóscopo el final trágico, cosa que á sus ojos y al de sus amigos le hacía más interesante.

A juzgar por lo que dijo, la línea de su vida cruzaba la casa de las enemistades, pasaba por la de la amistad y el amor, rondaba la casa de las dignidades y caía en la de la muerte.

Las lecturas astrológicas se notaron en don Miguelito y en sus amigos. Se habló durante algún tiempo de horóscopos y conjunciones; á una taberna de un hombrecito pequeño, que se llamaba el tío Guadaño, se le llamó desde entonces la taberna del *Homunculus*, y á otra, de la tía Lesmes, la taberna *Sibilina*.

Una de las gracias de Miguelito era asegurar que al *Homunculus* de la taberna, el ex tío Guadaño, lo había creado él con una fórmula de su maestro Paracelso.

También decía que á una moza del partido le había dado él la suerte entregándole un trozo de vitela con la palabra mágica Abracadabra, escrita en forma triangular y con sangre de niño.

La muchacha, siguiendo las instrucciones de Miguelito, había llevado nueve días la vitela como un escapulario, colgada al cuello, y al noveno la había echado al río sin volver la cabeza. Don Miguelito había tenido sus dudas acerca del punto dónde debía echarla, porque era indispensable arrojarla en unas aguas que corrieran hacia Oriente; pero al fin encontró el sitio verdadero.

La operación dió resultado, porque un mes después un comerciante rico se llevó á la muchacha á Madrid y la puso un gran tren.

Entre algunas mozas del pueblo, compañeras de la otra, se supo lo ocurrido, y se creyó que don Miguelito tenía algo de brujo.

Los amores de don Miguelito eran como no podían menos de ser extraordinarios y raros.

Don Miguelito había galanteado durante algún tiempo á una gitana del barrio del Castillo, á quien llamaban Fabiana la *Cañí*.

Esta Fabiana era una muchacha preciosa, de piel cobriza y ojos verdes.

Don Miguelito había llegado á hacerse amigo del *Ajumado*, un esquilador de burros, padre de la Fabiana.

El *Ajumado* y don Miguelito se entendían; al esquilador le parecía natural que al payo le gustara la mocita de su casa, y se dejaba convidar y contemplar.

La madre de la Fabiana, la *Pelra*, era una gitanaza que se dedicaba á comprar y á vender viejos cachivaches, á freír morcillas y churros; á la abuela, gitana legítima, que odiaba el trabajo como buen ejemplar de su raza, la decían en la calle la *Zincalí*, y tenía por oficio echar la buenaventura en las ferias, vender la raíz del Buen Varón y la Hierba de Satanás y *arrobiñar* lo que podía.

Don Miguelito hablaba con la vieja gitana de magia y de astrología, y la dejaba llena de espanto.

El le enseñó en qué ocasiones se debían emplear las siete palabras mágicas principales: Abracadabra, Jehová, Sator, Arepo, Tenet, Opera y Rotas.

También le dió la frase sacramental para todos los conjuros, que es ésta: *Nomem Dei et Sancte Trinitatis quod tamen in vanum assumitur, contra acerrimum summi legislatoris interdictum.*

La gitana temblaba al oír á Miguel. Todos los hombres y mujeres de la casa odiaban y temían á Torralba, á quien llamaban el *Busnó*. Miguelito sentía por ellos un profundo desprecio.

En esto se presentó en Cuenca un calderero gitano, el *Romi*, hombre cobrizo como sus calderas, alto, mal encarado.

La familia del *Ajumado* concertó la boda de la Fabiana con el *Romi*, y a la zambra que hubo asistió

Miguelito, cosa que hizo reír á sus amigos, que consideraron la asistencia de Torralba á la fiesta como una prueba de serenidad admirable.

Alguno le dijo después á Miguelito que no se fiara con el *Romi,* pero Miguelito despreció la advertencia.

Iba declinando el entusiasmo por la gitanería y la astrología cuando don Miguelito se fijó en Asunción y con la violencia característica de sus inclinaciones decidió que desde entonces ella sería la dama de sus pensamientos.

Los amores comenzaron con todo el aparato de absurdidades propias y naturales de don Miguelito. Varias veces escribió á la muchacha con la arrogancia de un hombre grande y extraordinario; pero como ella no le contestaba se fué desesperando, y concluyó por tomar una actitud exageradamente humilde.

Cómo conoció Asunción que en el fondo de aquel calavera botarate había un hombre, un hombre valiente, un hombre digno, difícil es saberlo, lo cierto fué que lo conoció.

Don Miguelito todavía hizo alguna simpleza al verse atendido por la muchacha; pero pronto se tranquilizó y tomó el aspecto de una persona sensata.

Al comenzar á hablar con Asunción pensó que toda su juventud había sido una pobre majadería, y decidió abandonar á los amigos y al escudero Garcés. Les dijo que iba ir al yermo, que estaba harto de vanidades. Un amor vulgar y corriente por una señorita del pueblo le hubiera dejado en mal lugar entre los camaradas que le veían como hombre extraordinario, raro, lunático y nigromántico. Todavía no se atrevía á afrontar su desdén.

Al poco tiempo la gente averiguó el noviazgo, los camaradas le desdeñaron y las personas que pasaban por serias comenzaron á decir:

—No, no, Miguel no es tonto; si quiere se hará un hombre de provecho.

Miguelito dejó de frecuentar sus antiguos amigos, y reanudó sus amistades con un clérigo que había estudiado con él en la escuela. Este clérigo, D. Víctor, vivía en casa del guardián de la Catedral, y era hombre estudioso é ilustrado.

A Miguelito le trataba muy ásperamente.—Botarate, aprendiz de mago, majadero—le solía decir con voz iracunda.

—Sí, tienes razón—contestaba Miguel—; soy un mentecato.

—Vale más que lo confieses—le decía el cura.

—Pues lo confieso. He llegado á los veintisiete años sin oficio ni beneficio. He perdido el tiempo en pasear, en hablar y en hacer versos...

—Y versos malos.

—Cierto, versos malos. Te advierto que todas mis vanidades antiguas se han deshecho: no me importa que me llames mal poeta ni mal astrólogo. No me hace mella.

Miguel no pensaba más que en encontrar un medio de ganar la vida con independencia ¡tenía tan poca base! ¡Era tan difícil hacer algo de provecho en Cuenca! Se le ocurrió marcharse á Madrid, pero no se atrevió á decírselo á su madre, porque hubiera sospechado que el viaje era pretexto para otra calaverada.

Miguelito consultó con Asunción, y los dos en sus conversaciones y cartas se ocuparon de este magno asunto. Pensaron varios medios para resolver el problema.

Pronto estos amores los conoció todo el pueblo, y también la abuela y la madrastra de Asunción. Asunción contó, temblando de miedo, á su abuela la historia de sus amores, y Doña Gertrudis dió el visto bueno.

—Si es un caballero, aunque sea pobre, no importa—dijo la vieja severamente.

—Pues caballero lo es.

—Entonces puedes estar tranquila.

Asunción abrazó y besó á su abuela con entusiasmo.

Se decidió que D. Miguelito visitara á Doña Gertrudis, y en la entrevista que tuvieron ambos quedaron muy amigos y de acuerdo.

La madrastra de Asunción, la Cándida, quizás por llevar la contraria á su suegra, se puso en contra del noviazgo, y como no conocía el carácter de hierro que había en el fondo del cuerpecillo anémico de su hijastra, quiso convencerla de que su novio,

D. Miguelito, era un perdido, un vagabundo, viejo, cínico, sin oficio ni beneficio, que quería vivir á su costa.

Desde aquel momento Asunción juró romper con su madrastra y no volver á dirigirla la palabra. Empezó á faltar á todas horas del primer piso de la casa; luego, más tarde, se trasladó definitivamente al cuarto de la abuela á vivir con ella.

IV

SANSIRGUE EL PENITENCIARIO

En 1821, el penitenciario de la catedral, D. Manuel Rizo, que estaba enfermo desde hacía tiempo, murió en un pueblo de la sierra, donde había ido á reponerse, y fué nombrado para el cargo D. Juan Sansirgue.

Sansirgue venía del Burgo de Osma, y al llegar á Cuenca se dijo de él que era liberal. Fué una de esas voces que corren por los pueblos, sin base ni razón alguna.

Don Juan era hombre de unos cuarenta años de edad, de estatura media, más bien bajo que alto y tirando á fornido.

Tenía el pelo rojo oscuro, los ojos verdes, la cara cuadrada y pecosa, las pestañas rojizas, el cuello de toro, los brazos largos, las manos gruesas y los pies grandes.

Se veía en él al lugareño nacido para destripar terrones. Llevaba gafas, aunque no las necesitaba, sin duda con el objeto de darse un aire doctoral, y miraba siempre de través.

Pronto se averiguó su vida, con toda clase de detalles.

Sansirgue, hijo de un campesino muy pobre de Priego, terminó la carrera casi de limosna. Tras de obtener un curato en el campo y una parroquia en Almazán, había sido nombrado canónigo racionero del Burgo de Osma, y después, penitenciario de Cuenca.

Sansirgue, al decir de sus colegas, demostró ser bastante fuerte en latín y cánones, y como predicador se dió á conocer como hombre arrebatado y de tosca elocuencia. La gente pronosticó que llegaría á obispo.

En la vida social el nuevo penitenciario se desenvolvió como un perfecto intrigante, adulador y un tanto bajo. Acostumbrado al servilismo del ambicioso pobre que escala su posición lentamente y con grandes esfuerzos, en muchas ocasiones ponía en evidencia su naturaleza lacayuna.

A los seis meses de permanencia en el pueblo, Sansirgue lo conocía á fondo y comenzaba á dominarlo. Algunos otros canónigos, dirigidos por el lectoral, intentaron atajarle el paso; pero Sansirgue, sostenido por el obispo, por su secretario Portillo, joven ambicioso, y por la gente rica, marchaba adelante

El confesionario le daba la clave de cuantos conflictos interiores en las familias y en los matrimonios ocurrían en el pueblo. Esta arma de inquisición y de dominación teocrática Sansirgue la empleaba con paciencia y con método.

Tenia la sagacidad y la malicia del lugareño, é iba perfeccionando y alambicando su sistema de inquerir con el esfuerzo y la perseverancia.

Sansirgue había ido á vivir á casa del pertiguero de la catedral.

Ya por costumbre inveterada, desde hacía muchos años, se alquilaba una habitación grande á un canónigo en casa del pertiguero Ginés Diente.

El más notable de estos canónigos hospedados en ella fué D. Francisco Chirino.

Don Francisco dejó al morir fama de hombre de gran virtud y sabiduría. Chirino fué magistral desde fines del siglo XVIII hasta poco después de la guerra de la Independencia; estuvo prisionero y á punto de de ser fusilado por las soldados de Caulaincourt.

La leyenda aseguraba que Chirino se salvó asombrando á los franceses con un discurso en latín y otro en francés que les dirigió.

En un viaje hecho á Valencia murió Chirino, y dejó en casa de Diente una biblioteca muy nutrida de libros de historia, de teología, y algunas ediciones raras que los herederos no se cuidaron de recoger.

Después de Chirino ocupó la habitación el canónigo Rizo, y tras de la muerte de éste vino Sansirgue á posesionarse del cuarto que por tradición pertenecía á un canónigo.

En aquella casa vieja de una calle sombría, el penitenciario Sansirgue, como una gruesa araña peluda, plantó su tela espesa dispuesto á mostrarse clericalmente implacable para la mosca que cayese en ella.

V

LA CASA DEL PERTIGUERO

La callejuela tortuosa, en cuesta, partía de la plazuela del palacio del Obispo por una escalera, y terminaba en un camino de ronda de la muralla.

En este callejón, llamado de los Canónigos porque antiguamente había varios que tenían allí su casa, vivía el guardián y pertiguero de la catedral, Ginés Diente.

Ginés era hijo de pertiguero y nieto de pertiguero. La pértiga constituía una institución en la familia de los Dientes. Se podía decir que los Dientes vivían de ella y comían de ella.

Ginés el guardián era por este tiempo un viejo seco, flaco, de nariz aguileña, afilada y roja, el pelo gris, el mentón saliente, con claros en la barba, y picado de viruelas. Gastaba anteojos de plata gruesos para leer.

Solía usar á diario, fuera de las grandes ceromonias, calzón oscuro, media negra, zapatos rojos con hebillas de plata, balandrán de color negro pardusco, en la cintura una faja azul y encima una correa con ganchos, en los cuales fijaba varios manojos de llaves.

Ginés tenía cerca de sesenta años. Conocía la catedral mejor que su casa.

Era hombre de mucho gusto para la lectura, y muy liberal.

Desde hacía tiempo, cuando concluía sus faenas, iba al cuarto del canónigo Chirino, se ponía sus anteojos de plata gruesos, compuestos con hilo negro, cogía algún libro y lo leía muy despacio. Cuando terminaba dejaba una señal, y al día siguiente comenzaba de nuevo la lectura. Lo que no entendía bien lo volvía á leer.

Así había pasado cerca de un año con el *Teatro Crítico*, de Feijóo; pero se había enterado tan perfectamente de las opiniones y doctrinas del autor, que desde entonces podía pasar por un erudito.

Su hija Dominica regañaba á su padre por su afán de leer.

—No sé para qué lee usted tanto, padre—le decía—. Deje usted eso á los que saben.

—Los que saben son los que leen—contestaba Ginés—; sean canónigos ó pertigueros.

Ginés era viudo; la Dominica, su hija, estaba casada con un carpintero, constructor de ataúdes.

La Dominica, la guardiana, mujer muy morena, juanetuda, fea, con una fealdad simpática, tenía unos ojos grandes, negros, muy expresivos y una sonrisa de bondad. Era muy activa y trabajadora y más fuerte que un hombre.

La Dominica se ocupaba de limpiar la iglesia, y tenía también el cargo de funeraria. Ella se entendía con la familia del muerto para disponer cómo había de ser la caja, el coche, el número de hachones y la importancia del funeral, que se clasificaba en de tercera, de segunda, de primera, solemne y solemnísimo.

La guardiana revelaba un gran espíritu de dominio. Casada á los treinta años, cuando todo el mundo creía que ya no se casaría, no había tenido hijos. Su marido, el carpintero constructor de ataúdes, era un buen hombre, fantástico y un tanto borracho.

La Dominica, sentía gran amor por la catedral y por todo lo que tuviese relación con ella.

A los canónigos que hospedaba en su casa los trataba como á hijos.

Hablaba constantemente del canónigo Chirino, cuya ciencia y virtud habían quedado como legendarias.

El buen señor éste era tan inútil para las cosas de la vida, que no sabía atarse un botón, afilar un lápiz ó tallar una pluma.

La Dominica había sido el factótum de Chirino y del canónigo Rizo. Les atendía, les ordenaba como si fueran chicos.

Una necesidad de mando tal no era cosa muy cómoda para la guardiana, porque la obligaba á trabajar como una negra.

Todo lo contrario de ella se manifestaba Damián, su marido, el constructor de ataúdes. Este era vago, poltrón, ocurrente, y siempre estaba inventando pretextos para dejar el trabajo é ir á la taberna.

El ser, además de carpintero, relojero de la catedral le permitía andar siempre de un lado á otro.

Damián era chiquito, moreno, de cara muy correcta, pero de una expresión de rata. Era hombre de gran paciencia, domesticaba pájaros y toda clase de bichos. Tenía un cuervo, Juanito, que hablaba mejor que algunos hombres y que le conocía, y un gato negro, con ojos de oro, á quien Chirino había bautizado con el nombre fenicio de Astaroth.

Este constructor de ataúdes solía ir á veces con Juanito en un hombro y Astaroth en el otro á beber con un compadre sepulturero, con quien tenía grandes amistades.

—A mí que no me den un armario ni una mesa que hacer—decía Damián á sus amigos cuando estaba inspirado—; lo que más me llena es hacer una caja fúnebre. Hay que ver la cantidad de filosofía que hay dentro de un ataúd... ¡ja... ja!

—¡Bah! No tanta como en una sepultura saltaba el sepulturero su amigo que quería poner también muy en alto su profesión.

—¡Más, mucho más!—replicaba el carpintero dulcemente hundiendo su mirada en el oscuro amatista de un vaso de vino —. Yo, cuando veo las tablas que traen á mi taller, pienso: esto era un árbol que estaba en un bosque... ¡ja... ja!..., y en ese bosque había pájaros, alimañas, leñadores, serradores, y estos árboles los había plantado alguno. ¿Los había plantado alguno, ó habían crecido solos? No se sabe... ¡ja. ja!... ¡Qué filosofía! ¡Y los clavos! Estos clavos, que al clavarlos con el martillo la familia del difunto cree que suenan de otra manera... ¡ja... ja! ¡Superstición! ¡Superstición! Estos clavos los han trabajado en una fragua, donde saltaban chispas; han sacado el metal de una mina, donde andaban los hombres como los topos... ¡ja... ja! ¿Y la tela? Esa tela negra que se va á descomponer en la fosa, ¿de dónde viene? Viene de un telar, de una fábrica que quizá es un hormiguero... de gente trabajadora... ¡Qué filosofía tiene esto! ¡Ja... ja... ja, ja!

Y Damián se reía, con una risa mecánica y triste.

—A mí si me sacan del ataúd, soy hombre muerto—añadía.

—Como á mí, si me sacan de la sepultura, no sé qué hacer, no le encuentro encantos á la vida—aseguraba el sepulturero.

En esto nos diferenciamos del resto de los hombres, á quienes pasa todo lo contrario... ¡ja... ja... ja!—exclamaba Damián.

—Somos gente superior—añadía el sepulturero.

—Es que nuestros oficios tienen más fondo, más filosofía. El fondo de una fosa. ¡Hermoso fondo! ¿Vas á tener tú la insustancialidad de un peluquero? No. ¿Voy yo á compararme con un sastre? Tampoco. El hace una envoltura pasajera; yo no, yo la hago definitiva... ¡Ja... ja! ¡Qué filosofía tiene esto!

Damián sentía tanto entusiasmo por los ataúdes, que echaba la siesta dentro de uno de ellos, vigilado por Juanito y por Astaroth.

El enterrador admiraba á Damián. En cambio su mujer, la Dominica, le despreciaba y le dirigía constantemente una lluvia de sarcasmos, que él oía indiferente.

En la casa del pertiguero lo más transcendental era la habitación del señor canónigo. La Dominica fregaba todas las semanas el suelo, y en el verano todos los días; limpiaba los cristales, sacudía los colchones y la alfombra, y pasaba el plumero por los libros.

La habitación del canónigo, la mejor de la casa, era espaciosa y clara. La luz entraba en ella por un gran balcón y por una ventana pequeña. Esta ventana pequeña daba hacia la Hoz del Huécar que se veía sobre el solar de una casa derruída convertida en huerto. El huertecillo, limitado por cuatro tapias cubiertas de hiedras, estaba lleno de zarzas y de rosales silvestres.

Tenía la habitación una chimenea de piedra con el hogar cubierto durante el verano por una mampara de papel vieja, con una estampa en colores desteñída, y dos bolas de cristal azul.

En un ángulo estaba la cama, de madera, con colgaduras verdes descoloridas, y en las paredes, un armario de varios cuerpos, también con cortinas. El suelo era de ladrillos grandes, rojos, que se desmoronaban, y la pared, tapizada de un papel dorado, con arabescos negruzcos.

Esta habitación canonical tenía seis sillas de damasco, ya tan ajadas, que apenas se podía notar su primitivo color, y un canapé de paja, con un almohadón rojo, completamente desteñido. Delante de la ventana pequeña, por donde el sol entraba al amanecer, había una vieja mesa tallada, y junto á ella, un sillón frailero con clavos dorados.

Allí el canónigo Chirino pasó toda su vida dedicado á la lectura, mientras Astaroth, acurrucado, le contemplaba con sus ojos de oro.

Unicamente al atardecer solía asomarse al balcón á contemplar las rocas de la Hoz del Huécar, que se veían desde allá, y á oír las oraciones del *Degollado*, á quien solía echar una moneda. La Dominica conservaba la habitación siempre limpia, pero no podía luchar con la polilla que corroía sus viejos muebles, ni con el olor á rancio que exhalaban los volúmenes alineados en los estantes.

En vida de Chirino uno de los muebles más curiosos de su despacho era un gran reloj, que cuando murió el canónigo pasó al taller de Damián. Este reloj de pared tenía música y varias figuras que aparecían al dar las horas. En el péndulo, Caronte se agitaba en su barca, y en la orla de bronce que rodeaba la esfera, se leía: *Vulnerant omnes, ultima necat.* Damián, el marido de la Dominica, había arreglado el reloj y hecho que se movieran las figuras. Estas eran un niño y una niña, un joven y una doncella y un viejo y una vieja seguidos de la Muerte, representada por un esqueleto con su sudario blanco y su guadaña. Cuando desaparecían las edades de la vida seguidas de la Muerte, se abría una ventana y aparecía la Virgen. Al mismo tiempo que estas figuras pasaban por delante de la esfera del reloj sonaba una música melancólica de campanillas.

Damián, que había visto el reloj parado, lo llevó á su taller, lo desarmó, lo volvió á armar y consiguió que marchase, que se moviesen los muñecos automáticos y funcionase la sonería.

Chirino le dijo que al morir él, le dejaría el reloj como recuerdo, y, efectivamente, cuando desapareció el canónigo, Damián se apoderó del reloj y lo llevó al cuarto pequeño próximo al portal donde solía trabajar.

Damián se encontraba en aquel cuarto satisfecho; el ataúd grande donde solía dormir la siesta, el armario con los ataúdes pequeños, el cuervo, el gato negro y el reloj; no podía pedir más. A no estar enterrado de verdad no era fácil alcanzar un mayor grado de perfección funeraria.

Siempre que pasaba por delante del reloj del canónigo Chirino, Damián lo contemplaba con entusiasmo. Las guirnaldas de calaveras y tibias, entre flores, su carácter macabro y la salida de la Muerte le entusiasmaban. Se le antojaba una de las más bellas y geniales ocurrencias que podía haber salido de la cabeza de un hombre.

Le habían dicho lo que significaba el letrero en latín, y le parecía admirable. *Vulnerant omnes, ulti ma necat:* Todas hieren; la última, mata.

El constructor de ataúdes repetía la frase sonriendo, con un tono de salmodia triste como un cartujo el: Hermano, morir tenemos.

Damián, y quizás también su cuervo, se extasiaban pensando en la profundidad de aquella sentencia.

. . . .

Al llegar el penitenciario Sansirgue á ver la casa, le parecieron las condiciones de la Dominica muy buenas, y decidió quedarse allá, encargando á la guardiana que quitara dos ó tres armarios para dejar más espacio en el cuarto.

Sansirgue examinó los libros de Chirino, vió muchos volúmenes de Historia, Cánones y Teología, que no le interesaban, y tomos de colección de sermones de predicadores célebres.

Estos libros estaban señalados y anotados, así que era muy fácil y cómodo consultarlos.

Siguiendo las indicaciones del penitenciario, que hizo una selección rápida, se quitaron tres cuerpos del armario, y se llevaron los libros en cestos á un cuarto interior.

Hecho el traslado pedido, Sansirgue se instaló en la casa. Por diez reales al día la guardiana le daba la comida, la ropa y el fuego en el invierno. El penitenciario comería aparte de la familia, en la sala, y los domingos tendría un plato extraordinario.

Segundito, un sobrino de Ginés, estudiante de cura, serviría al canónigo de paje para llevar cartas y hacer los recados.

VI

DON VÍCTOR

Además de Ginés el pertiguero, de la Dominica y de su marido, el constructor de ataúdes y relojero, vivía en la casa el cura amigo de Miguel Torralba. Este cura, sobrino de la mujer de Ginés, se llamaba D. Víctor, y era capellán de un convento de monjas.

Don Víctor, á pesar de ser estudioso y listo, no había prosperado, quizás por falta de simpátía, quizás sencillamente por mala suerte.

Era D. Víctor hombre pequeño, moreno, muy vivo de movimientos y de ademanes.

Había estado algún tiempo en Madrid, hecho un viaje á Roma, y durante algún tiempo había sido secretario del obispo de Plasencia.

Era el capellán hombre inteligente, trabajador, austero, á quien la injusticia había hecho quisquilloso. Se había encontrado siempre postergado, humillado, y en la lucha por la vida, adquirió una actitud de agresividad, más ó menos velada, poco simpática á sus superiores. Ya en su época de estudiante se distinguió por sus protestas contra sus profesores, imbéciles; luego tuvo que servir y obedecer á obispos orgullosos é ignorantes que trataban á los individuos del bajo clero como á criados.

Quizás en ocasiones consideró sus votos sacerdotales como grillos, como eslabones de una cadena que le herían; pero aun así amaba la cadena martirizadora.

El catolicismo, como todas las sectas cristianas, es en el fondo la escuela de la humillación. Su plan último consiste en quebrantar la individualidad. Su ideal, hacer del hombre *perinde ac cadaver*.

Para el catolicismo la salud es soberbia, la confianza en sí mismo orgullo, el valor jactancia, todas las virtudes nobles son despreciadas y afeadas; en cambio, las miserias tristes se explican, se justifican y se alaban: el pecador humilde, el miserable humilde, el crapuloso humilde, el imbécil humilde siempre tienen su defensa y hasta su apología.

Esta táctica de humillación, unida al espionaje, al servilismo y á la pedantería, ha sido la seguida siempre en los seminarios: la táctica de la Compañía de Jesús cuando al hombre de valer de su sociedad ha antepuesto un estólido cualquiera para mortificar la soberbia del primero.

Don Víctor notó en el seminario y fuera del seminario la antipatía que producía.

—¿Cómo?—pensaban sus superiores. ¿Este hombre de clase humilde, cree que sabe latín? ¿que sabe teología? ¿que es capaz de predicar elocuentemente? Arrinconémosle. Que aprenda á tener humildad.

Aprender á tener humildad, quiere decir: aprender á estar descontento, á ser miserable, á ser vil.

Este fondo de rencor que guarda el cristianismo á todo lo noble, lo sereno, lo tranquilo, viene sin duda de su tradición semítica, de los siglos en que vivió en las leproserías y en los suburbios de Roma, en los agujeros infectos donde se corrompían los parias y los esclavos.

Don Víctor, como hombre de cierta sensibilidad, sufrió grandes choques en su carrera. En Madrid tuvo que alternar con curas cortesanos que se burlaron de él, de su pedantería y de sus latines.

Don Víctor, al volver á Cuenca, hizo el descubrímiento al ver á sus antiguos condiscípulos y compararse con ellos, que él, como los demás, tenían los mismos lugares comunes de expresión, los mismos gestos y ademanes aprendidos en el seminario. Todos imitaban, sin querer, á un profesor de teología y casi decían las mismas frases en latín, y todos se ponían las manos en el abdomen y daban palmaditas una sobre otra.

Don Víctor, al notarlo, hizo un gran esfuerzo para cambiar sus frases de cajón y suprimir estos ademanes que eran los bienes mostrencos obtenidos en el seminario, y lo consiguió.

Don Víctor, en Cuenca, apenas podía sostenerse con el sueldo mísero que le daban las monjas y con el pequeño estipendio de la misa, y fué á vivir á casa de la Dominica, que era algo pariente suya. Por cinco reales la guardiana le tenía de huésped y el cura vivía como si fuera de la familia.

La Dominica oía las quejas de D. Víctor y le recomendaba siempre que cediese á sus superiores; pero D. Víctor se irritaba y echaba largos y pedantinos discursos empedrados de latinajos: *Odi profanum vulgo,* decía con frecuencia, y para elogiar su pobreza repetía: *Omnia mecum porto* (llevo todos mis bienes conmigo).

Don Víctor era un temperamento batallador y amigo de luchar.

No tenía el espíritu filosófico y generalizador necesario para ver las grandes injusticias sociales, pero en cambio las pequeñas injusticias de detalle le herían y le mortificaban.

Lo sancionado por la fuerza de la costumbre, aunque fuera una enormidad, siempre le parecía bien; la transgresión nueva le indignaba.

Don Víctor era atrevido y valiente. En un período de guerra no hubiese tenido inconveniente en lanzarse al monte.

A pesar de haber sido laminado y destrozado por la educación teocrática, D. Víctor era archiabsolutista y teócrata; creía que la iglesia debía ser *Imperium in imperio,* y que era ella la única encargada de dirigir la vida de los hombres hasta en sus más pequeños detalles.

Don Víctor y Ginés se entendían bien. Discutían y á veces se insultaban, porque Ginés se sentía bastante anticlerical. Ginés le llamaba á D. Víctor curiato, clericucho, y D. Víctor le decía chupacirios, sacaperros, menos cuando le quería halagar, porque entonces le llamaba *fortunate senex*, y algunos otros elogios en latín.

Don Víctor era hombre aficionado á paseos solitarios; salía por la tarde á las afueras y volvía al anochecer curioseando, mirando al fondo de las tiendas, de las tabernas y de las botiguetas de las calles.

VII

LA BIBLIOTECA DE CHIRINO

El cuarto que la Dominica destinó á D. Víctor en su casa fué un guardillón bajo de techo y lleno de armarios, que tenía dos ventanas enrejadas abiertas sobre el solar de la casa derruída, convertida en huerto.

Este camaranchón grande, la mitad sin cielo raso y parte sin suelo, había sido el depósito de la biblioteca del canónigo Chirino, el sitio donde éste almacenaba sus libros. Había allí muchos volúmenes, probablemente cuatro ó cinco mil, unos metidos en los armarios, otros apilados en el suelo, todos llenos de polvo.

Don Víctor, al llegar á casa del pertiguero, conocía los libros estudiados por él en su carrera, pero nada más. El tener allí otros á mano le indujo á leerlos, primero sin mucha gana, luego con gusto, después con pasión, hasta hundirse en la biblioteca de Chirino como un centauro en un bosque ó un tritón en las olas de un mar antiguo.

Tras de muchas investigaciones, D. Víctor encontró el catálogo de la biblioteca del canónigo. En la que había sido su habitación principal, la que luego ocupó Sansirgue, tenía el difunto canónigo los libros clásicos de un cura erudito; en el depósito, que habitaba ahora D. Víctor, estaban los libros de historia, de filosofía y de moral, algunos encuadernados sin rótulo.

Don Víctor comenzó por leer tratados de confesión, obras de casuística de los Padres Escobar, Sánchez, Molina, el Salmanticense y otros célebres teólogos fundadores de la moral laxa de los jesuitas. Al hojear estos libros le sorprendieron las notas de Chirino contra los autores. También le asombró leer las burlas que dedicaba á las Cartas del filósofo rancio del padre Alvarado.

¿Sería el canónigo Chirino, muerto casi en olor de santidad, un hereje?

Don Víctor se propuso averiguarlo y seguirle en sus notas con el celo de un inquisidor.

Al principio había considerado su cuarto como un rincón, únicamente bueno para dormir; después comenzó á encontrarlo un lugar admirable de esparcimiento, mandó poner cristales á las rejas, que no tenían más que maderas, y encargó al marido de la Dominica una camilla para leer delante de la reja con los pies calientes.

Don Víctor metía el brasero debajo de la mesa y se ponía á leer. Comenzó á mirar uno por uno los libros de la biblioteca, principalmente los anotados por el canónigo.

En casi todos ellos Chirino había puesto notas marginales, casi siempre racionalistas y burlonas.

El canónigo se valía de ingeniosos anagramas para despistar á cualquiera en cuyas manos, por casualidad, cayera uno de sus libros.

La idea del anagrama vino á la mente de D. Víctor al comprender qué escritor se ocultaba en las notas de Chirino con el nombre de Viralteo.

Al principio D. Víctor, que no conocía á los filósofos racionalistas, supuso que Viralteo sería uno de tantos, después miró este nombre en el Teatro Crítico de Feijóo, y no lo encontró. Pensando en Viralteo, vió que podía descomponerse en: *¡O alte vir!* (¡oh alto varón!).

Estuvo pensando quién podría ser este alto varón, hasta que comprendió era el anagrama de Voltaire. Vió también que E. Moras era Erasmo, y que así estaban disfrazados muchos nombres.

Hallados unos, supuso que toda palabra sin sentido claro que el canónigo ponía en sus notas marginales había que descomponerla, buscarle un significado esotérico y así encontró los anagramas de la Religión, Dios, clero, etc., empleados por Chirino. Muchas veces para indicarlos no ponía más que la inicial.

Las notas del canónigo Chirino sorprendían á D. Víctor. ¡Qué curiosidad la de aquel hombre! Filosofía, matemáticas, ciencias naturales, viajes, todo lo había leído en su rincón y todo lo había comprendido.

Para D. Víctor, el canónigo Chirino era un amigo y un enemigo.

—¡Ah, canalla!—exclamaba.—¡Cómo te ocultas! ¡Cómo te defiendes!

El canónigo Chirino hacía juegos malabares en sus notas. Muchas veces interrumpía un pensamiento puesto al margen de una página y lo seguía en otra. Don Víctor comprendía la eficacia de la inquisición para ahogar este sentido de crítica y de duda. Chirino era uno de esos espíritus agudos, inquietos, vulnerantes, educados en las marrullerías de los casuístas, por los que tenía un odio y un desprecio terribles.

Varias veces D. Víctor encontraba referencias á libros que no se hallaban en la biblioteca con la indicación de la página.

Por las notas del canónigo esto parecía indicar que se encontraban allí y que los había consultado; sin embargo, D. Víctor no daba con ellos.

Don Víctor hizo una nueva requisa y no encontró nada, hasta que por casualidad, empujando una tabla del fondo de un armario, ésta corrió un poco. Don Víctor agrandó la abertura y apareció una alacena formada en el hueco de la pared y llena de libros.

Estaban allí las obras de Spinoza, el *Entendimiento Humano*, de Locke; el *Diccionario filosófico*, de Voltaire; las *Cartas provinciales*, de Pascal; *El Espíritu del Clero* y *La impostura Sacerdotal*, del baron de Holbach; *Los Coloquios* y el *Elogio de la Locura* de Erasmo; el *Espíritu*, de Helvetius; la *Historia natural del alma*, de La Mettrie; el *Diccionario Crítico-burlesco*, de Gallardo, y otras obras francamente antirreligiosas.

En esta alacena había también una colección de folletos y periódicos franceses y españoles liberales y varios números del *Amigo del Pueblo*, de Marat.

En las notas de estos libros escondidos, el canónigo Chirino aparecía ya claramente como un incrédulo simpatizador de los enemigos de la Iglesia: espíritu satírico y zumbón que no respetaba nada.

Don Víctor ante esta colección de libros prohibíción por la Iglesia vaciló en leerlos; pero decidido se lanzó á ellos.

Para D. Víctor tuvieron aquellas obras el gran encanto de ser fruta prohibida.

La impresión que le produjo la lectura del *Diccionario filosófico*, de Voltaire, fué imborrable. La proximidad que tenían para Voltaire las controversias religiosas hacía que D. Víctor leyera la obra como un escrito del día.

Aquella anécdota que cuenta tan graciosamente Voltaire, en la que Pico de la Mirandola dice al propio Papa Alejandro VI que cree que su Santidad no es cristiano, y el Papa reconoce de buen grado lo que dice Pico, le dejó atónito.

A pesar de que D. Víctor comprendía la sagacidad, la erudición y el buen sentido de Voltaire, no quería seguirle, y le indignaba como una cosa personal, como una injuria hecha á la familia, la veneración del canónigo Chirino por él. Chirino acompañaba al patriarca de Ferney en sus notas marginales con una unción, con un respeto que irritaban á don Víctor. Apenas se atrevía á indicar una inexactitud y á señalar algún ligero olvido de su ídolo.

—Lo que no concede á los doctores de la Iglesia, lo concede á Voltaire — decía amargamente don Víctor.

Y esto le molestaba más que como una herejía, como una traición al espíritu de cuerpo, tan fuerte en los curas.

VIII

SU MAJESTAD EL ODIO

El nuevo penitenciario, D. Juan Sansirgue, se estableció á sus anchas en casa de Ginés Diente el pertiguero. Pronto se vió no era de la raza de los hombres como el canónigo Chirino, aficionados á la lectura y á la soledad.

Sansirgue pasaba poco tiempo leyendo en su despacho; comía mucho, bebía bien, escribía con frecuencia largas cartas y á todas horas se le veía entrar y salir en el palacio del obispo.

Sansirgue no tenía la amabilidad de Chirino ni la llaneza de Rizo. No se paraba un momento en el taller de Damián, ni acariciaba á los chicos en la calle, ni quiso dar una limosna al *Degollado*, que se pasó varias horas por la tarde cantando oraciones á la puerta. Sansirgue ahuyentó de su cuarto al espíritu familiar de la casa, al infernal Astaroth, con su traje negro y sus ojos de oro.

Sansirgue no quiso tampoco tener intimidad con

familia del pertiguero. Supo que en casa de la Dominica había un capellán de un convento de monjas de huésped; pero no le dió importancia ni pensó en conocerle, ni menos en convidarle alguna vez á su mesa.

Don Víctor no le perdonó el desvío, y desde aquel momento comenzó á sentir por el penitenciario uno de esos odios clericales profundos y contenidos.

Don Juan y D. Víctor tenían que sentirse hostiles. D. Juan, hombre de suerte, al mes de estar en Cuenca entraba en todas partes, tenía influencia, era de los familiares del obispo y subía como la espuma; en cambio, D. Víctor parecía la representación de la desdicha.

Una de las cosas que indudablemente se refleja mejor en el rostro es el éxito ó el fracaso.

La fisonomía del penitenciario tomaba una expresión de contento y de triunfo á medida que adquiría importancia; en cambio, la del capellán de monjas era un puro vinagre. Su nariz iba adquiriendo el aspecto de un pico, y su color verdinegro se hacía cada vez más obscuro y bilioso.

Don Víctor, que columbraba desde una de las rejas de su cuarto la habitación de Sansirgue, comenzó á espiarle. Le veía pasear, escribir cartas, fumar sentado en la butaca. Si el penitenciario predicaba, sabía de dónde había tomado las frases de su último sermón, las citas que había equivocado y los errores de concepto que había vertido. Sabía, además, quién le visitaba y lo que hacía hora por hora. Sansirgue era muy visitado y consultado.

El penitenciario era un hombre caído con buen pie en la ciudad. En su confesonario las señoras hacían cola para confesarse con él; en el púlpito había tenido gran éxito. Se le consideraba como orador de fuerza. Era de los predicadores que gritan y apostrofan, y que son los más admirados. El público de los sermones no acepta más que el sermón almibarado ó el colérico, y, generalmente, éste le gusta más.

Sansirgue extremaba su nota colérica; era de los declamadores dionisíacos, insultaba, amenazaba, arrastraba por el fango á sus oyentes, sobre todo á las mujeres, para quienes manifestaba su mayor desprecio.

La figura tosca y plebeya de aquel hombre, sus gritos, sus apelaciones á la cólera divina entusiasmaban. Cuando golpeaba el púlpito con sus manos de patán y pintaba los horrores del infierno, las mujeres suspiraban y se oían lamentos y quejidos ahogados en el ámbito de la catedral.

Este sentido de esclavitud, propio de la mujer y más de la mujer católica, hizo que las señoras de Cuenca se entusiasmasen y se acercasen con admiración á aquel ensoberbecido patán.

Uno de los sitios donde fué presentado y recibido con entusiasmo Sansirgue fué en casa de Doña Cándida, la madrastra de Asunción.

El penitenciario, al conocer aquella mujer, vió

pronto su flaco. Poseía Sansirgue esa sagacidad que los hombres de iglesia, y sobre todo los jesuítas, han desarrollado en la práctica del confesonario; tenía también la mala opinión que los curas tienen casi siempre de las mujeres, opinión que según los bromistas proviene de la comunidad de faldas.

La intimidad entre Doña Cándida y Sansirgue fué haciéndose mayor; el penitenciario tomó la costumbre de ir á la casa de la Sirena todos los días por las mañanas y después al anochecer, y por la puerta del callejón, para que no le viesen.

No era seguramente raro ni extraño en un pueblo de clerecía el que un cura visitara á una señora rica, ni aun siquiera que la galantease; lo que sí pareció extraordinario fué que inmediatamente se comenzara á murmurar y á contar mil cuentos en todo el pueblo de las relaciones entre Doña Cándida y el canónigo.

La causa de una expansión tan rápida de la maledicencia se debió á una vecina y antigua amiga de la Cándida, que tenía una confitería frente por frente de la casa de la Sirena.

La confitera había prestado al abuelo de Asunción, D. Diego Cañizares, por dos veces, cinco mil pesetas en hipoteca sobre la casa de la Sirena en pacto de retroventa, y ya la miraba como suya.

El tener la hermosa casa de piedra sillería delante había dado á la confitera una gran ambición de poseerla. Había hecho sus proyectos de trasladar su establecimiento á casa de la Sirena, ensanchar el taller y alquilar los pisos altos. Este plan, acariciado días y noches con tenacidad en la calma de la vida provinciana, se frustró y se desvaneció al casar D. Diego á su hijo con la Cándida.

El *Zamarro* proporcionó el dinero necesario para levantar la hipoteca, y su hija se quedó á vivir en casa de la Sirena.

Desde entonces la confitera dedicó á su antigua amiga el más profundo odio; consideraba que le había robado la casa. De la rabia, enflaqueció, palideció, quedó hecha un espectro.

La confitera comenzó á tratar á su marido, que era un pobre calzonazos, alto y triste, á puntapiés.

Por envidia y por celos, día y noche se puso á espiar á la Cándida desde el fondo de la tienda y desde las ventanas de su primer piso. La veía vestirse, peinarse, adornarse; aquilataba los detalles más pequeños de la indumentaria y del tocado. La Cándida no sospechaba que en la casa de enfrente latiera un odio tan profundo contra ella.

En estos pueblos tranquilos, donde pasan pocas cosas ó no pasa nada, fermenta el odio y la envidia con una enorme virulencia.

En la vida de las ciudades y de los pueblos pequeños apenas se da un caso de amor fuera de inclinación sexual; en cambio el odio inmotivado crece con una lozanía extraordinaria.

El ingenuo que descubre este fondo de odio se pregunta: ¿Qué motivo puede haber para ello? Ninguno. El motivo de existir otros hombres y otras mujeres es suficiente.

Es curioso cómo se odia en los pueblos, y cómo, debajo de la farsa cristiana de la caridad y del amor al prójimo, aparece de la manera más descarnada y terrible la envidia y el odio. Probablemente, sólo la vanidad y el deseo de lucir pueden mitigar este odio nacido del fondo del hombre.

La exaltación de las pasiones sociales es, sin duda, lo único que ha de moderar el egoísmo.

La mayor posibilidad de que el rico propietario sea un tanto humano es que se sienta vanidoso. Así, si tiene hermosos caballos, querrá que los vean los demás; si posee un bello parque, hará que la gente lo pueda contemplar; en cambio, el buen rico, cristiano, modesto y no vanidoso, cerrará su huerto con una alta tapia, y además la erizará de pedazos de cristal.

Hay que reconocer que esta predicación cristiana, con su palabrería mística, al cabo de veinte siglos no ha conseguido no ya que los hombres se amen un poco los unos á los otros, sino ni siquiera que esos pobres ricos cristianos no pongan unos agudos pinchos y unos hermosos cristales en las tapias de sus propiedades para desgarrar las manos de los rateros y de los vagabundos que intenten coger una fruta.

En los pueblos donde no hay apenas pasiones sociales el odio y la envidia predominan.

Si se pudiera recoger la oleada de rabia y de rencor contenida en una aldea ó en una ciudad pequeña, se quedaría uno asombrado. En las grandes ciudades hay, sin duda, más vicios, más irregularidades y anomalías; pero tanta cantidad de odio, tanta virulencia, imposible...

Las dos personas que olfatearon al momento la intimidad de la Cándida y Sansirgue fueron las dos personas que más les odiaban: la confitera y don Víctor.

La confitera contó á todo el mundo lo que había visto: las entradas en la casa, á escondidas, de Sansirgue; las cartas que se cruzaban entre la viuda y el canónigo, las golosinas, y sobre todo, la cantidad de anisete y de licores que llevaba Adela, la doncella, para su ama.

La confitera propaló la voz de que Doña Cándida era aficionada al vino y á los licores. Una semana después, todo el mundo en Cuenca llamaba á la Cándida la *Canóniga,* decía que era borracha y que estaba enredada con el penitenciario.

Años antes había habido una obispa; luego, una capuchina; después, una vicaria, y por último, una canóniga.

Para pueblo de clerecía, no era mucho.

IX

UN ROMANCE ANÓNIMO

Desde que Miguelito cambió de vida y formalizó sus relaciones con Asunción iba con mucha frecuencia á ver al cura D. Víctor y á charlar con él.

Los amigos del ex calavera lo habían abandonado, y tomaron como cabeza del grupo al capitán Lozano, un jugador empedernido, borracho, alegre é inconsciente.

El escudero Garcés vagaba por Cuenca, como alma en pena, sin saber qué hacer, y cuando estaba muy apurado pedía á su antiguo amo un par de pesetas para ir pasando.

Don Miguelito y D. Víctor hablaron varias veces de lo que se empezaba á murmurar de la Cándida y del penitenciario.

Miguelito se alarmaba pensando en su novia, colocada entre el odio de la madrastra y de la abuela Suponía que cualquier día Doña Gertrudis iba á provocar un escándalo á la *Canóniga*.

Don Víctor se dedicó á espiar á Sansirgue. Lo consideraba peligroso.

Desde su cuarto podía oírle, y desde la reja verle á través del patio.

Conocía los hábitos del canónigo.

—*Latet anguis in herba*—decía D. Víctor, y pensaba que aquella serpiente escondida entre la hierba había de hacer algún daño y producir grandes males.

Un día D. Miguelito contó á su amigo D. Víctor que doña Gertrudis había tenido al fin una explicación borrascosa con la Cándida.

En su disputa se dijeron las dos cosas muy duras. D. Víctor, en parte por mala intención, y también por favorecer á su amigo, escribió un romance, del que pensó hacer tres copias, y mandarlas una á la Cándida, otra al obispo y otra á Sansirgue. El romance se llamaba *A la Canóniga*, y empezaba así:

En un caserón vetusto
más alto que la Mangana,
más negro que un solideo
y un escudo en la fachada
con un sol, una sirena,
dos dardos y una granada,
una vieja pergamino,
siete lustros en cada anca,
echando lumbre los ojos
y temblándole la barba,
á su zamarresca nuera
enderezó esta soflama:
"Nunca fueron tradiciones

de las fembras de mi casa
servir en la clerecía
á tenor de barraganas.
Nunca doncellas ni viudas,
ni casadas, sin ser santas,
fueron *viribus et armis*
sin gracia canonizadas.
Non son los limpios blasones
de vieja estirpe *fidalga*
el contar en ella obispas,
canónigas ni vicarias".

Después de largas insinuaciones malévolas, en que aparecían D. Juan y la *Canóniga,* concluía diciendo la vieja á su nuera en el romance del cura:

"Marchad, señora canóniga,
al cabildo ó á la tasca,
que si no os marcháis aína
yo os echaré noramala".

Terminado y corregido el borrador, D. Víctor hizo las tres copias, desfigurando la letra, las escribió en trozos de papel antiguo, y las envió al obispo, á la Cándida y al penitenciario.

Al día siguiente se puso á estudiar el efecto.

El canónigo volvió de la catedral tarde; estaba preocupado. Después de comer no salió de casa, y anduvo paseando arriba y abajo por el cuarto.

Sansirgue, al leer el romance, quedó al principio atónito; después se puso á cavilar quién podía ser el autor de estos versos.

Su instinto le decía que aquel papel provenía de algún clérigo. ¿Pero de quién? No tenía ningún enemigo, no conocía tampoco á nadie aficionado á satirizar en verso á la gente. El que había escrito aquéllos había, sin duda, leído é imitado los romances de Quevedo.

El autor de *A la Canóniga* demostraba una malevolencia grande, cierta facilidad de pluma que no tenían sus colegas, y un desprecio por el clero poco natural.

Por exclusión, vino á creer Sansirgue que el autor del romance era Miguelito Torralba. No podía comprender una imprudencia así en D. Miguelito. Sin embargo, no encontraba otro á quien achacar la culpa. Miguel había escrito antes *Las Comadres de Cuenca* en el mismo estilo; él, sin duda, era el autor de los versos *A la Canóniga.*

Sansirgue quedó preocupado y asustado. Al mismo tiempo sintió un feroz instinto de vengarse.

Se veía cazado como un conejo; comprendía que había dado un mal paso, que su carrera podía truncarse. Como buen plebeyo ansioso de una posición elevada, temblaba pensando en la opinión ajena, y este miedo le excitaba más la furia vengativa.

¡Ah! ¡Si hubiera conocido al autor! ¡Se hubiera lanzado á él á deshacerlo, á pulverizarlo! D. Juan supo que la Cándida había recibido un papel igual, y Portillo el secretario del obispo, amigo de Sansirgue, le entregó, sonriendo con cierta sorna, otro.

El penitenciario estuvo ocho días inquieto, entregado al miedo, á la desesperación y á la ira. D. Víctor le oía pasear arriba y abajo, como un lobo en la jaula.

Sansirgue dejó de ir á casa de la viuda: temía mucho que ésta hiciese alguna tontería comprometedora; pero la Cándida discurría como mujer, y como mujer solicitada y guapetona; y al ver que el canónigo la abandonaba aceptó los homenajes del capitán Lozano, el jefe de los calaveras del pueblo, y sustituto en este transcendental puesto de D. Miguelito.

Sansirgue, que no tenía afecto ninguno por la viuda, se alegró.

—La viuda se entiende con el capitán—le dijo Portillo á Sansirgue, unos días después—. Aproveche usted esta conyuntura. Escríbala usted, hágase usted antipático á ella, y luego visítela usted.

Sansirgue escribió un anónimo á la Cándida, acusándose á sí mismo de que hablaba mal de ella.

A los pocos días la hizo una visita. La Cándida le recibió muy mal y Sansirgue salió cariacontecido. En varios sitios manifestó hipócritamente su tristeza al ver que no había podido llevar por buen camino á la viuda, y mucha gente lo creyó.

X

LA JUNTA REALISTA

Cuando en 1822 se fué viendo en España el fracaso y la debilidad del Gobierno Constitucional, comenzaron á formarse juntas absolutistas en casi todas las capitales de provincia.

En Cuenca se constituyó la Junta Realista en el obispado. El obispo, un viejo raído y rapaz, puso la diócesis á contribución; recibió dinero de la provincia y de fuera, y guardando parte, entregó cincuenta mil reales para los primeros trabajos de los realistas puros.

El secretario Portillo comenzó la organización de la Junta, de la que formaron parte los canónigos Salazar, Gamboa, Perdiguero, Sansirgue, Trúpita y Sagredo.

Todo el clero y las personas visibles de la ciudad se adhirieron á la Junta.

La ciudad alta, en bloque, se manifestó absolutista y enemiga del Gobierno; en el arrabal se experimentó cierta agitación entre los constitucionales que se desvaneció en figuras retóricas de la época.

Como el obispado y el clero temían la responsabilidad, en caso de fracaso, la Junta delegó sus poderes en tres representantes ó testaferros que se pondrían en comunicación con la gente.

Después de muchas vacilaciones fueron nombrados: el Chantre, brazo de Portillo, para entenderse con el clero; D. Miguelito, para avistarse con el elemento civil, y el capitán Lozano, para el militar.

Esta comision comenzó á funcionar y á reunirse en una casa antigua medio arruinada de la calle de los Canónigos, en cuya puerta, en el dintel, se leía una hermosa inscripción en letra gótica. Esta casa había pertenecido al Arcipreste de Moya.

La comisión terminó sus gestiones rápidamente; y en la segunda sesión de la Junta Realista, celebrada en el obispado, cada uno de los delegados explicó sus trabajos.

El Chantre dijo que había recibido más de quinientas cartas de curas de pueblo dispuestos á lanzarse al campo, formando partidas. Aun pensaba que llegarían á más las adhesiones.

El obispo prometió dar otros cincuenta mil reales para que se compraran armas, y que además, dirigiría una pastoral comunicada á los curas de la diócesis.

Después del Chantre, D. Miguelito explicó su gestión. Excepto el jefe político, todos los demás empleados estaban dispuestos á derribar el Régimen constitucional.

—Las condiciones que ponen son éstas — señaló Miguel—: El contador de la policía quiere ser ascendido á comisario ordenador; el Cachorro, Salinier y Alaminos dicen que fiarán el dinero necesario si se les nombra después intendentes de ejército; José Auzá aspira á ser contador de la policía; el armero de la Ventilla, el *Zagal*, dice que proporcionará armas á los voluntarios si le conceden el retiro de sargento á que tiene derecho; los demás empleados y paisanos adheridos están en esta lista cada cual con sus condiciones.

Después de D. Miguelito habló el capitán Lozano. Este no había tenido dificultades: la guarnición se hallaba dispuesta á pasarse al campo realista desde el momento que hubiese garantías de éxito. Las condiciones eran: el coronel sería ascendido á general; los dos comandantes del batallón, á jefes de brigada; los capitanes Lozano, Arias y Vela, á comandantes; los tenientes, á capitanes, y los sargentos, á oficiales.

Aprobados en la Junta los trabajos de los delegados, siguieron éstos maniobrando; el pueblo lo tenían por suyo: los dos secretarios de policía y los tres celadores obedecían á la Junta Realista más que al jefe político.

El pueblo entero estaba preparado para levantarse contra el Gobierno á la primera señal.

XI

UN SERMÓN DE SANSIRGUE

Siendo éste el espíritu de las personalidades de Cuenca, no era de extrañar que la plebe fanática y brutal se encontrase soliviantada.

Al saberse la expedición de Bessieres y de los demás cabecillas realistas hacia el centro de España, la gente se alborotó.

Contribuía á ello la época, que era de Cuaresma, y la cruzada que los curas, y sobre todo los frailes, hacían desde los púlpitos y confesonarios.

Era una oratoria de energúmenos la que utilizaban los frailes en sus sermones: gritos, pasmos, insultos, chocarrerías, absurdos, todo se consideraba como buen medio para atacar el liberalismo y la Constitución.

Cuál sería el sistema de predicación frailuna, que los curas más fanáticos quedaban como tibios y poco fervorosos en la defensa de las prerrogativas del trono y del altar.

El secretario Portillo, que no encontraba bien que el clero secular fuese así oscurecido por el regular, encargó al canónigo magistral Gamboa pronunciara un sermón enérgico. El magistral quiso hacerlo; pero le faltaban medios oratorios: tenía la voz seca, el ademán frío, y el público no se entusiasmó con su oración.

Entonces Portillo encargó á Sansirgue otro sermón, recomendándole diera la nota aguda.

—Aunque se comprometa usted un poco no le importe—dijo Portillo— El Gobierno no se atreve con nosotros.

—No le tengo miedo.

—Puede usted desmandarse impunemente. Hágalo usted así como si las frases se le escaparan á usted involuntariamente, *ex abundantia cordis*. Le conviene esto. Con la alocución la gente olvidará las hablillas de las que doña Cándida y usted han sido víctimas.

Esta palabra víctimas, el secretario del obispo la recalcó con cierta ironía.

Sansirgue aceptó el pensamiento de Portillo y se puso á preparar su plática, tomando párrafos de aquí y de allí, en la colección de sermones que guardaba Chirino. Escribió el comienzo y el final de su discurso y se los aprendió de memoria.

El secretario hizo correr la voz por el pueblo de que el sermón del penitenciario produciría gran efecto, y el domingo el público llenó la catedral.

Don Víctor fué de los que con más atención contempló á su orgulloso compañero de hospedaje. Estaba con Miguel y Luis Torralba cerca de una columna de la nave central.

Subió Sansirgue las escaleras del púlpito con un aire de orgullo, de terquedad y de dominio.

—Es un patán que va á trabajar al campo—dijo D. Víctor—no el inspirado que se dispone á hablar al pueblo desde la montaña.

Comenzó su discurso Sansirgue con una voz ronca y áspera que quería ser insinuante. No dominaba bastante la técnica oratoria para redondear los períodos, ni se valía con oportunidad de los silencios estudiados y sabios, ni tenía ademanes sencillos; no sabía hacer un sermón de orador artista, pero estuvo relativamente bien.

Rezó después, y al levantarse comenzó la segunda parte del discurso. Se vió aquí que ya no repetía lo aprendido de memoria, sino que improvisaba. Las oraciones salían á veces cojas y defectuosas, las repeticiones abundaban; pero la temperatura del sermón subía y llenaba la nave de la catedral. La cólera daba elocuencia y fuerza al penitenciario. Su voz se había entonado, caldeado, y vibraba en el ámbito de la iglesia como una trompeta guerrera.

Dijo que los liberales eran ateos, sacrílegos, impíos, vasos de todo crimen é impureza, dignos de los mayores tormentos, serpientes venenosas, perros sarnosos; que la Filosofía era la ciencia del mal, que con los impíos no se debía tener unión ni en el sepulcro.

Pintó á los liberales como monstruos que se acercaban traidora y cobardemente á atacar el trono y el altar, y exhortó á los fieles á que salieran á la defensa de los sacrosantos principios de la Religión y de la Monarquía con todos los medios y con todas las armas.

Esta segunda parte de su oración la dijo Sansirgue con una violencia extraordinaria, gritando y levantando los brazos al cielo, dando puñetazos al borde del púlpito. Parecía que quería clavar sus ideas á golpes de martillo en la cabeza de los fieles.

Sansirgue, después de esta hora de gritos é improperios, sudaba y estaba sofocado. Su silueta fuerte y sanguínea aparecía roja y congestionada en el púlpito.

Concluída su catilinaria, el canónigo tuvo un largo silencio y siguió de nuevo el sermón, ya con voz suave y cansada; comentó la frase del padre Alvarado, el filósofo rancio: "Más queremos errar con San Basilio y San Agustín que acertar como Descartes y Newton,,; y afirmó que la verdad en boca de un filósolo liberal es siempre el error y la impostura, y el error en boca de un ministro del Señor puede ser la verdad. Con esto y una invocación á la Virgen acabó su discurso y bajó del púlpito.

Don Víctor, á pesar de su enemistad, no pudo menos de reconocer que el sermón de Sansirgue era el que se pedía en aquel momento. Todo el mundo decía que el penitenciario había estado admirable; los hombres se sentían entusiasmados y las viejas encantadas.

—Si alguien ahora recuerda lo de la *Canóniga* se le tendrá por liberal—saltó Luis Torralba.

—Ah, claro—dijo D. Víctor.

—Es una bonita manera de discurrir—añadió Luis—. Le dicen á uno: "Tu héroe es liberal, pero es un ladrón y lo voy á probar.„ Es que tú eres absolutista. "Tu héroe es absolutista, pero es un bandido.„ Es que tú eres liberal.

—Qué quieres—murmuró D. Víctor—. El pueblo discurre así; tiene que ser amo ó esclavo, y si alguien independiente se le pone en el camino á decirle la verdad lo odia y lo desprecia.

—La Iglesia en ese sentido debe ser también muy pueblo—dijo Luis Torralba.

Don Víctor refunfuñó y no replicó nada claro.

XII

LA ALARMA DE BESSIERES

Cuando Jorge Bessieres vió cerrado el camino de Madrid y sus tropas dispersadas, decidió separarse de los demás cabecillas y tomar, á poder ser, una importante plaza fortificada. Cuenca era la que estaba en mejores condiciones para un golpe de mano, y á ella dirigió sus miras.

Bessieres se enteró de que existía en Cuenca una Junta realista, y la envió un oficio dándole cuenta de sus planes.

Este oficio lo recibieron el Chantre, Miguelito y el capitán Lozano, y lo tomaron en consideración. Al mismo tiempo, O'Donnell oficiaba al jefe político comunicándole la dirección que llevaba Bessieres, y Aviraneta por orden del Empecinado enviaba una carta al alcaide de comuneros de Cuenca, explicándole con detalles la huída de Bessieres, de Priego y de Huete, y advirtiéndole que llevaba pocas fuerzas.

Por tres conductos y á tres centros diferentes llegó la noticia de la alarma de Bessieres.

Los representantes de la Junta realista decidieron mandar un aviso al cabecilla francés, indicándole que al acercarse á Cuenca se avistarían con él y verían la manera de que los realistas se apoderaran de la ciudad.

Pensaron en enviar un propio; pero Miguelito dijo que era mejor se presentara él al general realista.

Miguelito así lo hizo; inventó un pretexto para no alarmar á la familia y á la novia, y de noche, á caballo, escoltado por Garcés el *Sevillano*, que se había vuelto á reunir con él, se presentó en el campamento del francés.

Bessieres le recibió muy amablemente; Bessieres debió quedar bien impresionado del aire de seguridad y de dominio de Miguelito, y le habló como á un hombre que venía á proponerle una cosa importante.

El advenedizo francés tenía simpatía por la gente improvisada, y creyó encontrar en Torralba un buen auxiliar, un hombre como él, sin prejuicios ni supersticiones de moral.

Bessieres le dijo á Miguelito que volviera á Cuenca y le trajera un plan bien meditado para apoderarse de la ciudad. Si lo conseguía, haría que inmediatamente se le nombrara capitán y que al año fuera comandante.

Don Miguelito volvió entusiasmado á Cuenca y

lleno de grandes esperanzas. Se reunió en seguida con el Chantre y con el capitán Lozano, y entre los tres comenzaron á hacer gestiones para madurar un plan. Luis Torralba, al saberlo, desaprobó la actitud de su hermano.

—¿Has sido liberal y ahora por conveniencia vas á tomar partido con los absolutistas? Me parece mal, muy mal.

Miguel quiso explicar su conducta; pero esto era explicar lo inexplicable.

El jefe político, al conocer la noticia de la aproximación de Bessieres, llamó al comandante de la plaza, y al decirle éste se redoblaría la vigilancia, se tranquilizó.

No se quedó tan tranquilo el alcaide de los comuneros, á quien había escrito Aviraneta por orden del Empecinado.

El tal alcaide era al mismo tiempo jefe de la Milicia nacional, y se llamaba Cepero, el ciudadano Cepero.

El ciudadano Cepero no hubiera sido muy temible para los absolutistas sino hubiera tenido un hijo furioso jacobino.

Cepero, padre, hombre ordenancista y poco inteligente, suponía que las órdenes de la Confederación de comuneros eran dictadas por grandes sabios.

Cepero, padre, en el fondo hombre incapaz de discurrir por su cuenta, creía lo que le decían. Tenía un almacén de harinas en el arrabal, y era dueño de tierras, algunas procedentes de las ventas de los bienes monacales.

Cepero, hijo, era entonces un joven de unos veintitrés años, sombrío y ambicioso. Hubiera querido dominar el pueblo por el terror; pero no tenía medios ni colaboradores, porque los demás liberales no pasaban de ser pobre gente, entre la que había varios que se habían hecho milicianos por envidia ó por utilidad.

El ciudadano Cepero supo las noticias de la persecución y fuga de Bessieres, desde Guadalajara, por Sacedón y Priego, y que las huestes realistas se habían dividido.

Bessieres no llegaba á contar más que con unos mil quinientos hombres. De acercarse con las fuerzas reunidas de los cabecillas realistas, Cuenca, con su guarnición y la milicia, no hubiera podido resistir; pero con tan poca gente, la cosa variaba.

—Creo que le haremos frente á Bessieres—dijo Cepero solemnemente á su hijo.

—¡Bah!—contestó éste—. ¿Usted cree que podemos contar con la guarnición?

—Yo, sí.

—Pues está usted en un error.

¿Por qué?

—Porque la guarnición de Cuenca está vendida á los absolutistas.

—¡Qué falsedad! ¡Qué calumnia!

—Nada de eso. Realidad. El coronel, los dos

comandantes, el capitán Lozano, el capitán Arias... casi todas los oficiales están dentro de la conspiración; dispuestos á levantarse contra el Régimen.

Y Cepero, hijo, dió una porción de detalles que demostraban los manejos realistas de los militares.

Cepero, padre, temía á su hijo. Este le motejaba siempre de tibio y de moderado.

Cepero, padre, se agitó; fué á ver á los oficiales liberales de la guarnición, reunió á la Milicia nacional y alarmó al jefe político.

XIII

PROYECTOS

Don Miguelito, después de tener una larga conferencia con el Chantre y con el capitán Lozano, se avistó con el comandante de la plaza, y entre los dos discutieron varios proyectos para sorpender y apoderarse de Cuenca. Por último quedaron de acuerdo.

La entrada de los absolutistas se verificaría por la puerta de San Juan, y de noche.

El comandante mandaría á esta puerta al capitán Lozano con una sección, y tendría la tropa avisada para pronunciarse y prender á los oficiales, y desarmar á los soldados de la milicia nacional.

A las doce de la noche, Miguelito se presentaría en la puerta de San Juan con un pelotón de soldados de caballería de Bessieres; daría el santo, la seña y la contraseña, y pasaría adentro. Un segundo pelotón entraría después, y por último, toda la fuerza realista.

Aunque el plan era sencillo, había que combinar

muchas cosas y atar varios cabos para ponerlo en ejecución.

Se decidió lo siguiente: á las diez de la noche se encendería una luz en una ventana alta del palacio del obispo, y otra, poco después, en la muralla, lo que querría decir: "Todo está preparado,,.

Miguelito, en compañía de Garcés, se apostaría delante del convento de San Pablo.

En el instante que vieran las dos señales, Garcés iría á avisar al campamento de Bessieres, y vendría con un escuadrón de lanceros. Dirigidos por Miguelito, darían la vuelta al pueblo, pasarían el puente de San Antón é irían á colocarse en la orilla derecha del Júcar; luego cruzarían el río por el puente de los Descalzos, volviendo de nuevo á la orilla izquierda, y de aquí subirían, al paso, divididos en varios pelotones, á la puerta de San Juan. Llamarían, y al preguntar los de dentro: "¿Quién?", contestarían con este santo y seña:

—Daniel, Cuenca y Bessieres. *Debellare superbos.*

Esta frase de "debelar á los soberbios,,, en boca de un hombre como Miguel, era un poco absurda.

Dicho el santo y seña, entrarían y avisarían para que pasaran las fuerzas de Bessieres. Se apoderarían del cuartel de infantería, próximo á la puerta de San Juan; desarmarían la milicia nacional, y prenderían á los oficiales afectos al Régimen.

El plan era realmente fácil y muy asequible.

Pasó un día, pasaron dos, y la Junta no dió la orden de ejecución. Se esperaba no se sabía qué. Bessieres estaba impaciente.

La causa del retraso fué que Portillo, á nombre del obispo, había escrito á la Junta Realista de Madrid pidiendo informes acerca de Bessieres y de su correría. Sin duda los informes no fueron del todo satisfactorios, porque el secretario del obispo apareció de pronto poco entusiasmado con la idea de entregar la ciudad á los realistas.

Portillo consultó con Sansirgue, y le explicó el proyecto, en el cual D. Miguelito iba hacer el primer papel. Portillo aseguró que el proyecto estaba mal preparado, que era sospechoso porque había quien aseguraba que Bessieres se hallaba en relación con los masones, y que, á no ser por no perjudicar á un amigo como Miguel Torralba, lo hubiera denunciado al jefe político en un anónimo.

Sansirgue, al oír esto, miró á Portillo con ansiedad. El secretario del obispo estaba impasible.

Echada la semilla, germinó pronto. Sansirgue vió que podía hacer un servicio á Portillo, á quien consideraba omnipotente, y al mismo tiempo satisfacer su venganza contra Miguelito, que le había perjudicado en la carrera con sus versos *A la Canóniga*, y no vaciló. Se marchó á su casa, se encerró en su cuarto, y, después de redactar varias veces el aviso, escribió dos anónimos: uno al jeje político, otro al ciudadano Cepero.

En los anónimos no omitía un detalle de cuanto

tramaban los conspiradores; citaba la lista de todos los que pertenecían á la Junta, incluso el suyo. Este rasgo de astucia le hizo suponer que nadie sospecharía de él. Logró también disfrazar la letra escribiendo con la mano izquierda.

Don Víctor, que había visto ir y venir al penitenciario, ceñudo y preocupado, por su habitación, y que sabía, casi minuto por minuto, lo que hacía, redobló su espionaje. Sintió que estaba escribiendo. Cuando concluyó, Sansirgue salió de su casa, se fué al palacio del obispo, y D. Víctor esperó en la calle. Era ya el anochecer cuando salió el penitenciario.

Don Víctor dejó el atrio y siguió á Sansirgue. Este avanzó, mirando á derecha é izquierda, se acercó al correo y echó una carta al buzón.

Poco después volvió de nuevo á su casa, y media hora más tarde entró D. Víctor. El capellán pasó una porción de horas de insomnio pensando qué podía haber escrito el canónigo.

Todo le hacía creer que era algo serio é importante; las cartas ordinarias se las llevaba Segundito, el paje; aquélla, ó aquéllas, las había echado él, y con gran cuidado de que nadie le viera. ¿Para qué tantas precauciones?

Al día siguiente D. Víctor fué á ver al *Zagal*, al armero de la Ventilla.

Este era amigo de uno de los secretarios de la policía, y por él había sabido que el complot de Miguelito acababa de ser descubierto.

Inmediatamente D. Víctor supuso que D. Juan había delatado á los realistas.

Al llegar á casa, á la hora de comer, expuso sus sospechas á Ginés y á la Dominica, y ésta sobre todo, rechazó con indignación tales suposiciones.

Ginés, que no tenía grandes simpatías por el canónigo Sansirgue, dijo:

—Vamos á su cuarto cuando salga él, y veamos si queda algún indicio.

Lo hicieron así: entraron en el cuarto, y no vieron nada. Ginés, que era un espíritu metódico, sacó la mampara de la chimenea, y vió sobre la piedra del hogar que había unas pavesas negras. Don Víctor las cogió con gran cuidado, y á la luz llegó á leer escritos con tinta varios nombres, entre ellos el de Torralba.

XIV

CABILDEOS DE DON VÍCTOR

Don Víctor quedó convencido de la delación del canónigo.

Pensó las providencias que podía tomar para evitar que á Miguelito le hicieran víctima de la emboscada traidora que le preparaban.

Lo primero que hizo al día siguiente fué marchar á la calle de Caballeros, á casa de los Torralbas.

Allí le dijeron que no estaba ninguno de los dos hermanos. Sin duda Miguel no quería ser detenido antes de intentar la aventura, en la que tenía tantas esperanzas.

Don Víctor preguntó por la madre de los Torralbas, y la habló; pero esta señora no sabía nada ó desconfiaba de D. Víctor, y se limitó á decir que ninguno de sus dos hijos estaba en Cuenca.

Después de comer, don Víctor se dirigió á la catedral á buscar al Chantre.

Se acercó á la capilla de los Caballeros y se arrodilló delante de la verja.

Esta capilla, fundada por un Albornoz, estaba trabajada en piedra blanca, y en su portada tenía esculpidos varios atributos militares, y en la clave del arco, un esqueleto.

En el frontispicio se leía esta inscripción, que canta el triunfo de la muerte:

Victis militibus mors triumphat: Vencidos los soldados triunfa la muerte.

Don Víctor estuvo pensando, divagando sobre esta sentencia. Contempló las dos urnas sepulcrales de mármol, con sus estatuas de caballeros yacentes, las pinturas de los altares; luego rezó maquinalmente, y como el rezo no lo sentía, por su preocupación, volviéndose contempló la nave de la catedral.

Hacía un día de sol espléndido. La luz entraba de los altos ventanales de la iglesia y producía anchas sábanas luminosas entre las columnas oscuras.

Don Víctor sentía negros presentimientos; una serie de ideas angustiosas y deprimentes le sobrecogían. Se sentía como vencido, aniquilado, descontento, sin fe en nada.

De pronto vió al Chantre, corrió hacia él y le dijo que estaba descubierto el complot de Miguelito.

—¿Quién ha podido descubrirlo?—exclamó el Chantre.

—No lo sé.

—Voy á decírselo á Portillo.

El Chantre fué al palacio del obispo; pero encontró que había dos agentes de la policía del jefe político paseándose por delante de la puerta del palacio en la plazoleta.

Uno de la policía le advirtió al Chantre que no entrase.

El Chantre contó á D. Víctor lo que pasaba.

Don Víctor no quería dejar la cuestión así, y se dirigió á ver al capitán Lozano.

Le dijeron que el capitán estaba en casa de Doña Cándida....

La tarde de primavera estaba hermosa y triste, el sol amarillo dorado iluminaba los aleros y los pisos altos.

Don Víctor entró en la confitería de enfrente á la casa de la Sirena. La confitera, que repartía su atención entre los dulces y el espionaje, le dijo que el capitán Lozano estaba en la casa y que no había salido. D. Víctor esperó horas y horas sentado junto al mostrador....

La confitera encendió una lámpara, y su luz mortecina comenzó á iluminar la tienda; del fondo del taller venía un olor á cera, á azúcar y á retama quemada.

En un convento una campana sonaba aguda y constante.

En la calle, el *Degollado* cantaba, acompañado de la guitarra, la oración de San Antonio de Padua:

Su padre era un caballero
cristiano, honrado y prudente,
que mantenía su casa
con el sudor de su frente.

Y tenía un huerto
en donde cogía
cosecha del fruto
que el tiempo traía.

La canción, la hora, el tañido de la campana entristecieron á D. Víctor; todo aquello le recordaba su infancia, el corretear de chico por las calles al anochecer; le sacaba á flote un poso de una amargura interior.

El *Degollado* seguía una tras otra sus coplas. La confitera abrió la puerta de la tienda y dió un maravedí al ciego.

Este siguió su canto con la relación del milagro de los pajaritos:

Mientras yo me vaya á misa
gran cuidado has de tener;
mira que los pajaritos
todo lo echan á perder.
Entran por el huerto,
pican lo sembrado;
por eso te digo
que tengas cuidado.

Don Víctor sentía una tristeza tumultuosa en el fondo del alma. El *Degollado* se alejó, dando golpes con el bastón en la acera; se calló la campana y no se oyó en la tienda más que el revoloteo de las moscas entre los papeles de los dulces secos.

Eran ya cerca de las nueve, y en vista de que el

capitán no salía, D. Víctor cruzó la calle y entró en el portal de la casa de la Sirena. Llamó, salió la doncella, la Adela, que negó que estuviera allí el capitán; pero ante la insistencia del cura, le dijo que aguardase. Esperó D. Víctor en el descansillo de la puerta hasta que se presentó Lozano con su puro en la boca, con el aire de un hombre que goza de la vida.

Era Lozano un tipo sensual, alegre, perezoso y amigo de divertirse y de beber. Tenía unos ojos claros de perro fiel, una sonrisa afectuosa y una actitud de hombre á quien todo le parece indiferente. Lozano era capaz de cualquier barbaridad por inconsciencia; para él todo era fácil y factible.

A pesar de que nadie podía ignorar su condición de borracho y jugador, era el capitán cajero de su regimiento.

Don Víctor contó lo que sabía, y mientras hablaba apareció Doña Cándida, á quien el capitán explicó de qué se trataba.

La *Canóniga* no quedó nada sorprendida al saber que era Sansirgue el denunciador de la empresa realista. Doña Cándida se manifestó delante del capellán como muy enamorada de Lozano, y rogó á don Víctor convenciera á su amante de que ahandonara el complot.

Lozano explicó á don Víctor cómo se había preparado la entrada por la puerta de San Juan. Si á él le relevaban al mediodía era señal de que no se intentaba la sorpresa, y entonces él mismo se lo avisaría á don Víctor.

Con esta seguridad, don Víctor se fué de casa de la Sirena á la suya.

Don Víctor explicó á Ginés y á la Dominica lo que ocurría. Ya todos miraban á Sansirgue como un traidor. La Dominica, aun no del todo convencida, fué á ver á la confitera, con quien tenía grandes relaciones por la cuestión de las velas y cirios que se necesitaban en los funerales, y hablaron las dos.

La Dominica se persuadió de que el canónigo era un bandido, un verdadero Sacripante.

La Dominica, como mujer decidida y valiente, se dispuso á vigilar al canónigo, á espiarle, y en último término, si era necesario, á luchar con él á brazo partido hasta vencerle.

Al día siguiente salió D. Víctor, por la mañana, á decir su misa; y al volver, la Dominica le dijo que al mismo tiempo que él, Sansirgue había salido de casa, pasado por el correo y echado otra carta.

Don Víctor quedó asombrado y fué á buscar al capitán Lozano.

Lozano estaba en su casa de huéspedes, en la cama. Se había acostado tarde. Le dijo al cura que por la noche había habido una serie de cabildeos entre el comandante de la plaza, el jefe político y el de la Milicia nacional.

El coronel había llamado á Lozano para advertirle que se aplazaba el movimiento realista hasta nueva orden. El coronel había intentado persuadir al jefe político que lo del complot era una fábula, y el jefe político se hubiera persuadido á no ser por Cepero, hijo y por dos subtenientes liberales que se habían presentado en el Gobierno civil á denunciar al comandante de la plaza y á la oficialidad como absolutistas, ofreciéndose ellos á prenderlos si les daban autorización.

Los amigos de Cepero, de la Milicia nacional, querían preparar un lazo á los absolutistas.

—Dicen que se ha recibido un papel explicando las señas convenidas—términó diciendo Lozano—; es posible que sea de su canónigo.

Don Víctor dejó al capitán en la cama; salió á la calle y fué á ver al *Zagal*, al armero de la Ventilla. Este, por unos milicianos, sabía que D. Miguelito iba á intentar de noche entrar por la puerta de San Juan, y que, si lo intentaba, se le prendería.

Los dos directores de la Milicia que querían cazar á Miguelito eran Cepero hijo, y un joven, Nebot.

El motivo que impúlsaba á Cepero hijo era puramente patriótico; el que arrastraba á Nebot, no.

El padre de Luis Nebot se había ido lentamente apoderando de una posesión que la familia de Miguel tenía en Torralba.

Miguel Torralba, al encontrarse que la tierra de su familia se hallaba ocupada por el intruso, quiso llegar á una avenencia con él, pero Nebot, padre, dijo que no, que la finca era suya, pues había prestado por ella lo que valía y aun más.

Miguel le hizo observar que era imposible, puesto que la finca aparecía en el Registro de la propiedad como de su madre. Nebot, sin atenderle, comenzó á construir una gran tapia; Miguel mandó hacer un boquete en ella. Entonces Nebot provocó el pleito, y lo perdió en muy malas condiciones; hubo que medir las tierras de las propiedades colindantes, y la finca de los Torralbas, á la cual habían ido bloqueando los vecinos, recuperó todo su antiguo terreno.

Nebot no sólo perdió sus tierras, sino la estimación de la gente de la vecindad. El aldeano puede perdonarlo todo menos la torpeza. Aquellos vieron que perdían los campos de que se habían apoderado por una maniobra inoportuna. De esperar unos años la propiedad de los Torralba hubiera prescrito.

Resuelto el pleito, la madre de Miguelito empleó gran parte de su dinero en cercar la finca. Nebot, padre é hijo, se consideraron enemigos á muerte de los Torralbas y se trasladaron á Cuenca, y el hijo Luis se hizo miliciano nacional.

Querían considerar los Nebot que lo ocurrido á ellos era una de las mayores injusticias que podían pasar en España. Cepero, Nebot y un joven llamado Bellido dispusieron preparar un lazo á los realistas, hacer la señal convenida para que se acercaran, emboscarse en la puerta de San Juan, y sorprenderlos.

Cuando D. Víctor fué á su casa se discutió entre

la familia del guardián los medios para salvar á Miguelito. No se sabía dónde se habían de hacer las señales.

Saldrían Ginés, Damián, la Dominica y D. Víctor, de noche, á buscar á Miguelito, al azar, y á decirle, si lo encontraban, que suspendierà su aventura.

Rondarían de lejos el camino que lleva á la Puerta de San Juan, sin acercarse mucho, por el temor de que hubiese vigilancia.

XV

LA PUERTA DE SAN JUAN

A las siete de la noche, después de dar de cenar al canónigo Sansirgue, la Dominica, con su padre, Damián y D. Víctor salían del pueblo y marchaban al arrabal.

La noche estaba obscura, pesada y sofocante; grandes masas de nubes negras pasaban por el cielo, y, á veces, salía la luna en cuarto creciente. Algunos relámpagos lejanos, anchos, en forma de sábanas, iluminaban la tierra, é iban seguidos de un sordo rumor. Pronto llegó el viento, y comenzó á murmurar, á gruñir, á zumbar, golpeando puertas y ventanas.

Desde el arrabal, cada uno de los amigos de Miguelito se dirigió á distinto punto. Don Víctor fué hacia el convento de San Pablo; Ginés, por la Hoz del Júcar, y la Dominica y Damián, por la del Huécar.

A eso de las nueve, la tormenta se acercó; comenzaron á brillar los zig-zags de las chispas eléctrizas encima de Cuenca, retumbaron los truenos inmediatamente después de los relámpagos, y descargó una de esas lluvias de primavera, tibias y torrenciales.

Mientras las personas de casa del guardián marchaban por el campo en busca de Miguelito, unos cuantos milicianos, al mando de Cepero hijo, entraban por el arco de la puerta de San Juan y se estacionaban en él, resguardándose del chaparrón.

La puerta estaba abierta, y por ella se entreveía, en las sombras el camino, estrecho y pendiente, que va bajando á la orilla del Júcar.

Mientras los milicianos, resguardados bajo el arco, esperaban, la tempestad envolvía con sus ráfagas de lluvia y de viento la ciudad, asentada sobre sus rocas; el viento huracanado hacía golpear una puerta, derribaba una chimenea, balanceaba los faroles de las calles, colgados por cuerdas.

Don Miguelito y Garcés salieron á las diez de la noche del campamento de Bessieres, y á las diez y media estaban delante del convento de San Pablo.

Don Miguelito iba muy alegre y decidido, pensando en que pronto se uniría á Asunción.

Estaban amo y criado en el cerro, al borde del barranco, cuando Miguelito dijo que se veía luz en el palacio del obispo; Garcés no la había visto: después se vió claramente una antorcha en la muralla.

¡Vamos!—dijo Miguelito.

Marcharon al campamento de Bessieres.

Un escuadrón estaba preparado.

Había que dar la vuelta al pueblo, á caballo, sin llamar la atención de los centinelas, y se dispuso que fuera uno á uno, á la deshilada.

Al pasar el puente de San Antón, Ginés Diente vió, á la luz de un relámpago, á un lancero realista á caballo: quiso alcanzarle y preguntarle dónde estaba don Miguelito; pero el soldado, sin oírle, de un empellón, derribó al pertiguero.

Este se puso á gritar y á llamar; pero ya no vió á nadie. La lluvia imposibilitaba seguir ninguna pista; el rumor del viento ocultaba el ruído de las herraduras de los caballos, y la negrura de la noche impedía ver nada.

Don Miguelito y su escolta se colocaron en la orilla derecha del Júcar; luego cruzaron el río por el puente de los Descalzos, volviendo de nuevo á la orilla izquierda.

Se esperó á que se reuniese el escuadrón; se le dividió en tres pelotones, y á la cabeza del primero Miguelito, y á su lado, Garcés, comenzaron á subir la cuesta hasta la puerta de San Juan.

Miguel se acercó á ella rápidamente, y dió dos golpes sonoros con el bastón.

—¿Quién vive? dijo Cepero.

—Daniel, Cuenca y Bessieres. *¡Debellare superbos!*—gritó Torralba.

—¡Ríndete!—dijo Cepero abriendo la puerta y avanzando.

—¿Yo rendirme? ¡Jamás!—contestó Miguel.

—¡Huye! ¡Te han vendido!—dijo una voz.

Lo que ocurrió después no se pudo poner en claro.

Algunos dijeron que los lanceros de Bessieres, con Miguelito á la cabeza, intentaron avanzar; otros afirmaron que no hubo tal intento; el caso fué que sonaron cuatro ó cinco tiros simultáneos, que un hombre cayó del caballo, y que los demás, volviendo grupas, huyeron.

El hombre caído era Miguelito: lo recogieron, le llevaron al cuartel de Infantería, y llamaron de prisa á un médico que vivía en la plaza; otros avisaron á un cura.

Cuando llegaron, Miguel Torralba había muerto.

Al día siguiente, Bessieres levantaba su campamento y desaparecía de los alrededores de Cuenca.

Unas semanas después, el día 2 de Mayo, volvía de nuevo, atacaba el arrabal, y era rechazado,

En el pueblo se dijo que Cepero hijo, Nebot y el *Romi* el gitano, eran los que habían disparado contra Miguel.

XVI

DESPUES DE LA CATÁSTROFE

La madre de Torralba soportó la muerte de su hijo con gran entereza y resignación.

Con aquel espejismo maternal suyo, pensó que Miguel se había sacrificado por ellos. No quería suponer que su hijo mayor tuviera más fines que su madre y su hermano. Según ella, Miguel había entrado en el complot de Bessieres para obtener un cargo y levantar la situación de la familia.

Luis no intentó convencerla de lo contrario.

En la casa de la Sirena la noticia de la catástrofe llegó por Lozano, y la Cándida tuvo la crueldad y la torpeza de divulgarla á voz en grito.

Asunción, al saberlo, sintió que el golpe tronchaba su vida. Se vistió de luto, y no salió de casa.

Unos días después de la muerte se celebraron las exequias de Miguel Torralba en la catedral. Asistió todo el pueblo alto, y se notó que, entre los canónigos del coro, faltaba Sansirgue. De las señoras faltó la Cándida

Asunción y su abuela estuvieron en el funeral rezando, arrodilladas, en un rincón de la capilla de los Caballeros.

Toda la ceremonia Asunción la pasó llorando, y al rezar los responsos se escaparon de su garganta algunos sollozos ahogados.

—*Per in secula seculorum* - exclamaba el cura con voz potente, agitando el hisopo.

—*Amen*—clamaba el coro de voces, acompañado del órgano.

Al salir la gente, se contó, y se hizo cargo de quiénes faltaban. Quitando los nacionales del arrabal, todos los demás estaban allí.

Pasados los días ceremoniosos en que la familia no debía salir de casa, para recibir el pésame de los amigos, D. Víctor fué á ver á Luis Torralba y á decirle lo que sabía.

Luis le confesó que su proyecto era desafiar al joven Cepero y luego á Nebot, á quienes culpaba de la muerte de su hermano; pero D. Víctor le demostró que Cepero no había contribuído á la muerte de Miguel y que su objeto se había limitado á prenderle. Cepero fué el que intentó hacer que Miguel se rindiera, prueba clara de que no quería matarlo. Los motivos de obrar suyos eran también nobles, porque obraba arrastrado por su fanatismo político.

Respecto á Nebot, era un impulsivo y un bruto, á quien no había que tomar en cuenta.

El culpable de todo, según D. Víctor, era Sansirgue, el *monstrum horrendum*, que había entrado en Cuenca para desgracia de todos. Este, llevado por su maldad diabólica, había denunciado la forma en que se iba á hacer la sorpresa.

—¿Pero, por qué? ¿Qué motivo ha podido tener Sansirgue para odiar á mi hermano?—preguntó Luis.

Don Víctor creía en la maldad desinteresada del canónigo, cosa poco lógica.

Los argumentos de D. Víctor no convencieron á Luis, y el cura le propuso ir á ver á Cepero. La visita era violenta para Torralba, pero al fin accedió.

El joven Cepero recibió á los dos secamente.

—Supongo la comisión que ustedes traen—les dijo—; pero tengo que advertirles que considero que he cumplido con un deber de ciudadano y de liberal, y que mil veces que se presentará el mismo caso, mil veces obraría lo mismo.

—Está usted en un error—dijo don Víctor al pensar que nosotros entramos aquí en son de amenaza. Este hábito que yo llevo no es para venir con desafíos. Usted ha cumplido su deber de ciudadano y de liberal. Cierto. Pero usted sabía que Miguel Torralba no era el mayor culpable, y no podía desear su muerte.

—No la deseaba. Al acercarse á la puerta de San Juan, yo le dije: "Ríndete,,. El quedó inmóvil, sin duda perplejo. Entonces sonaron los tiros.

—¿No sabe usted quién disparó?—preguntó Luis.

—No lo sé. Si lo supiera, tampoco lo diría.

Luis hizo un movimiento de impaciencia, y don Víctor intervino de nuevo.

—Otra pregunta tenemos que hacer á usted.

—Ustedes dirán.

—Mi amigo Luis, naturalmente, entristecido por la muerte de su hermano, ha supuesto que un amigo suyo y mío fué el delator del complot en que intervino Miguel. Yo le he dicho que no, que todo el mundo ha afirmado que el jefe político y su padre de usted recibieron un anónimo. ¿Puede usted decirnos si es verdad?

Es verdad.

¿Lo guarda usted?

—Sí.

—¿Podría usted enseñárnoslo para desvanecer las dudas de mi amigo?

¿Porqué no? No tengo inconveniente.

Cepero, hijo, entró en su casa y volvió con el anónimo. La letra estaba disimulada, pero el papel y la tinta eran de Sansirgue: no había duda.

En el anónimo estaba explicado cómo se verificaría la sorpresa con todos sus detalles. Lo firmaba: *Un amante del orden.*

Don Víctor y Luis Torralba se despidieron del joven Cepero y se marcharon á su casa.

Esta intervención de Sansirgue puso á Torralba fuera de sí: que Cepero hubiese obrado como había, le parecía natural, dado su fanatismo político; que el mismo Nebot hubiera disparado en la puerta de San

Juan, lo comprendía por su odio á los Torralbas; lo que no se explicaba era la acción de Sansirgue, siendo él realista y estando en el complot. ¿Sería un espía del Gobierno? ¿Tendría algo contra su hermano?

Luis Torralba fué á visitar á Asunción y á su abuela, y les contó lo ocurrido y los datos que tenía para creer en la intervención del canónigo.

Doña Gertrudis supuso que sería su nuera, la Cándida, la que había inspirado al canónigo el odio por Miguel. Asunción calló, dando á entender que creía lo mismo.

La abuela, que sentía aumentado su odio por la *Canóniga*, llamó unos días después á Luis Torralba y le encargó que vendiera una huerta y varias alhajas. Luis hizo el encargo rápidamente, y entregó á doña Gertrudis seis mil pesetas. La vieja sacó cuatro mil que tenía guardadas, y reuniendo las diez mil que había prestado Doña Cándida para la hipoteca, se las devolvió, encargándola que abandonara la casa lo antes posible.

Doña Cándida gritó, alborotó, dijo horrores; pero no tuvo más remedio que marcharse. La *Canóniga* fué á otra casa mejor. El escándalo en el pueblo tomó grandes proporciones. Todo el mundo relacionó la muerte de D. Miguelito con la expulsión de la *Canóniga*, y muchos sospecharon algo de la verdad.

La Cándida, abandonada al consejo del capitán Lozano y de Adela, su doncella, hizo una porción de locuras. Casi todos los días daba banquetes y cenas, y muchas noches la llevaban á la cama borracha.

El canónigo Sansirgue notó que en la casa de la Dominica se le miraba de mala manera, é intentó mudarse; pero Portillo le indicó que esperara unos días.

Efectivamente, una semana después, Portillo, que había sabido hacer valer ante el Gobierno liberal el servicio prestado por él cuando la intentona de Bessieres, fué nombrado obispo de Osma, y Sansirgue quedó interinamente de secretario del obispo de Cuenca.

Sansirgue supo que en casa de Ginés el Pertiguero se hablaba constantemente contra su persona, y se dispuso á castigar á la familia. Consiguió que en el convento de monjas se destituyese á D. Víctor, y después le nombró párroco de Uña, pueblo miserable de la Sierra, adonde D. Víctor tuvo que ir, á trueque de perder las licencias eclesiásticas.

Después quiso echar de la catedral y de la casa á Ginés Diente, pero el obispo se opuso.

Sansirgue supo también que Garcés el *Sevillano* hablaba pestes de él y le atribuía la muerte de Torralba, y consiguió que el jefe político prendiera á Garcés y lo metiera en la cárcel.

XVII

MESES DESPUÉS

En el tiempo que medió entre la expedición de Bessieres y el triunfo de los Cien mil hijos de San Luis, el penitenciario tuvo mucho poder en Cuenca, pero al consolidarse el absolutismo, el obispo fué trasladado, y Sansirgue se eclipsó.

En aquella demagogía negra que gobernaba el pueblo y toda España, no era fácil desviarse sin peligro. Sansirgue se hubiera acercado á los voluntarios realistas, pero le era imposible, porque entra ellos estaba Garcés el *Sevillano*, compañero en la aventura de la puerta de San Juan con D. Miguelito, á quien él había llevado á la cárcel.

Sansirgue, separado de los absolutistas puros, tuvo que formar grupo, bien á su pesar, con los fernandinos transigentes. Estos tenían en Madrid como agente á D. Cecilio Corpas. En cambio, Portillo, que estuvo un momento con los liberales, había hecho una segunda evolución al más terrible ultramontanismo, y se distinguía en su diócesis por sus pastorales contra los moderados y los exaltados.

Portillo, desde Osma, y el lectoral de la catedral de Sigüenza y presidente de la Junta realista de aquella ciudad, D. Felipe Lemus de Zafrilla, movían todos los resortes para que los franceces no intentaran implantar un sistema de absolutismo templado. Tenían en Madrid á D. Víctor Sáez y á otros que daban la consigna.

Unos días después de la reintegración de todos los derechos autocráticos á Fernando, se celebró en Cuenca una solemne función de desagravio al Santísimo Sacramento, en la cual predicó D. Juan Sansirgue.

Sansirgue achicó al mismo padre Manuel Martínez, redactor del *Restaurador*, con sus apóstrofes á los constitucionales y sus loas á Fernando. Le llamó pío, feliz, restaurador, magnánimo, bondadoso.

A pesar de todos estos ditirambos, la gente oyó el sermón con indiferencia. Corría la voz entre los voluntarios realistas de la traición de Sansirgue en tiempo de Bessieres.

Garcés el *Sevillano*, para exagerar sus méritos, había pintado la aventura suya y la de D. Miguel como algo muy transcendental que había malogrado Sansirgue, que estaba vendido á los liberales, y que le había perseguido y encarcelado á él para reducirle al silencio. Esta versión hizo que todo Cuenca se pusiera contra el canónigo.

—Es un espía, es un espía de los masones—aseguraba todo el mundo.

El penitenciario, al comprobar lo que se decía de él, quedó desesperado.

Escribió á Portillo para que influyese en sus amigos poderosos y le trasladasen de Cuenca, y Portillo no contestó; escribió después á D. Víctor Sáez, el ministro universal de Fernando VII, y á D. Cecilio Corpas.

Los dos le contestaron friamente.

La entrada en el poder de los voluntarios realistas hizo que Sansirgue perdiese toda influencia. Torralba consiguió por un amigo que á D. Víctor le sacasen de Uña y volviese á Cuenca. Por entonces entre los realistas comenzaba á funcionar la Sociedad El Angel Exterminador. Muchos se afiliaron á ella. Don Víctor y Garcés el *Sevillano*, se convirtieron también en exterminadores, é hicieron un alegato contra Sansirgue, como denunciador de los realistas en tiempo de Bessieres. Se encontró en casa de los Ceperos, que habían huído del pueblo y traspasado su comercio, el papel que les había mandado Sansirgue.

Desde entonces el penitenciario comenzó á recibir anónimos insultándole, amenazándole por su traición con terribles castigos terrenos y ultraterrenos.

Sansirgue, asustado, hizo gestiones desesperadas para que le trasladasen de Cuenca.

En la primavera de 1824 el penitenciario fué destinado á Sigüenza, sin ningún ascenso. Sansirgue preparó el viaje sigilosamente; temía que, al saber su escapada, los voluntarios realistas quisiesen agredirle.

Alquiló dos mulas, y con un mozo alcarreño de confianza que conocía bien el camino se puso en marcha, sin despedirse de nadie.

El canónigo pensaba pararse en Priego, su pueblo, á ver á su familia.

La primera noche descansaron amo y criado en Torralba, nombre poco grato á los oídos del canónigo.

El siguiente día paró Sansırgue en Priego, en su casa, en compañía de la familia; pero la pobreza de ésta y la tosquedad de su padre y de sus hermanos le molestaba, y con el pretexto de que tenía prisa dejó Priego y se puso en camino por la tarde.

El cielo estaba muy azul; el campo, hermoso y sonriente. El penitenciario no tenía nada que temer, ya lejos de Cuenca; pero aun así sentía miedo: tales cosas se contaban de las venganzas de los realistas. Al llegar á la bifurcación de los caminos miraba con cuidado á un lado y á otro por si aparecía alguna figura sospechosa...

Al acercarse á una aldea al caer de la tarde, dejando un camino carretero, Sansirgue y su criado tomaron por una senda que pasaba por un erial. Las digitales purpúreas esmaltaban la tierra con sus campanillas, y las flores violetas del brezo brillaban entre los ribazos.

A mano derecha se abría un gran valle poblado

de matas que nacían entre piedras y cerrado por montes cubiertos de árboles. Un rebaño se derramaba por una ladera, y se oía á lo lejos el tintineo de las esquilas.

A la revuelta del sendero se encontraron con una ermita. En un azulejo blanco, con letras azules, empotrado en la pared, se leía el nombre: ermita del Salvador.

Tenía ésta por un lado la espadaña, con su campana sobre un tejado terrero, y delante una cruz de piedra y una pila de agua bendita; por el otro lado, protegida del viento, estaba la entrada de la capilla: un arco de piedra con restos de pintura roja y una puerta con clavos. A un lado de la puerta había una reja, á través de la cual se veía el interior de la capilla con el altar desmantelado y unos santos siniestros.

Adosado á la ermita había una casa pequeña con un huertecillo abandonado.

—Aquí vivía un ermitaño—dijo Sansirgue.

—Sí—contestó el mozo.

—¿Habrá muerto?—preguntó el canónigo.

—No; le mataron—contestó el criado.

—¿Quizás para robarle?

—No; parece que fué venganza de los realistas. Dicen que el ermitaño había dado informes á los constitucionales.

Sansirgue se estremeció.

—Bueno, vamos de aquí—dijo.

Siguieron andando. El sol se iba poniendo en un cielo incendiado, lleno de nubes rojas; los pájaros cantaban entre las ramas; el perfume del romero y del cantueso llenaba el aire; á lo lejos se oía el tañido de una campana.

A medida que avanzaban el canónigo y su criado el sol iba desapareciendo del valle. Al anochecer entraron en un bosque de encinas, monte bajo y carrascas. El sendero corría ahora lleno de sombra por en medio de los árboles; á trechos se torcía hasta salir á la luz, al borde mismo del bosque, y pasar por encima de un barranco escarpado.

Sansirgue marchaba arreando á su mula, ansioso de llegar á sitio habitado.

De pronto oyó ruido entre el ramaje, cerca de él, y se detuvo, inquieto.

—No es nada—se dijo.

Siguió marchando, y en esto, al mirar hacia adelante, vió dos figuras que interceptaban la senda. Volvió la vista hacia atrás y vió otras dos.

—¡Alto!—le gritaron.

—Alto estoy—murmuró el canónigo.

Los cuatro hombres estaban enmascarados. Sansirgue pensó que había caído entre bandidos; comprendió que allí era imposible defenderse ni escapar, y repitió que se entregaba.

Los hombres, sin hacer caso del criado, cogieron al canónigo, le bajaron de la mula, le ataron las manos y le llevaron cuesta arriba, cruzando el bosque, hasta un descampado, donde había una tenada. Desde allí se dominaba el valle. El cielo iba obscureciendo, y las luces rojas del crepúsculo tomaban tonos cárdenos y violáceos.

Al entrar en la choza Sansirgue se estremeció. En una mesa, á la luz de dos velas verdes, estaban sentados cinco hombres, con la cara cubierta por un antifaz. Enfrente de la mesa había un banco de madera, y sobre él caía una cuerda atada en una viga del techo.

—Sentad al acusado—mandó el que presidía.

Sansirgue se sentó sin protestar.

El presidente, levantando la cabeza al cielo, exclavó:

—*Dominus regnat:* (El Señor reina.)

El que estaba á su derecha dijo.

—*Dominus imperat:* (El Señor impera.)

El de la izquierda repuso:

—*Angelus vincet:* (El Angel vencerá.)

El de la extrema derecha añadió:

—*In gladio...* (Con la espada.)

Y el de la extrema izquierda terminó la frase murmurando:

—*... indignationis ejus:* (De su indignación.)

Sansirgue estaba delante de un Tribunal del Angel Exterminador. El enmascarado que presidía, en pocas palabras acusó al penitenciario de traidor, de espía de los liberales, de vendido al Gobierno masón.

Sansirgue intentó sincerarse, negar los hechos; pero el presidente los conocía á fondo. El canónigo intentó seguir hablando; pero el presidente le impuso silencio

—¿Qué pena se le impone al acusado?

Los cuatro asesores del Tribunal, sin pronunciar una palabra, bajaron la cabeza gravemente, y un momento después el presidente hizo lo mismo.

Dos de los enmascarados que habían prendido al canónigo le pusieron la mano en el hombro. Al sentirlo, Sansirgue dió un salto hacia atrás dispuesto á escapar. Entonces los cuatro esbirros se echaron sobre él, y forcejeando llegaron á sujetarle y á atarle los pies. Luego le pusieron la cuerda al cuello, y tirando de ella lo izaron en alto.

—¡Confesión! ¡Confesión!—gritó el canónigo con voz ahogada.

—Concluid—dijo el jefe de los exterminadores.

Dos esbirros se colgaron de las piernas del ahor cado: las vértebras crujieron, crujió también la viga del techo, y después el cuerpo de Sansirgue quedó inmóvil.

Los exterminadores fueron saliendo de la tenada. Uno de ellos, el jefe, quedó para dar las últimas disposiciones. Los esbirros bajaron el cadáver, y tomándolo en brazos cruzaron el bosque hasta el sendero que corría al borde del barranco y desde aquí lo arrojaron al fondo. Se oyó el ruido del cuerpo que caía arrastrando piedras.

El jefe se acercó á mirar hacia abajo. La claridad del sol había huído del valle, y la oscuridad y la sombra reinaban en él.

El exterminador se persignó, murmuró algo como una oración y á caballo desapareció rápidamente.

EPILOGO

La noticia de la muerte del canónigo produjo en Cuenca gran sensación.

Se inventaron mil hipótesis y cábalas acerca de las causas de la muerte y del autor ó autores del misterioso crimen; pero no se averiguó la verdad.

Pocos días después de este suceso el capitán Lozano hizo una de las suyas, que dió mucho que hablar.

El capitán había arrastrado á la Cándida á una vida completa de crápula. La casa de la *Canóniga* era un ir y venir de jóvenes calaveras, que comían y bebían allí.

El capitán Lozano, entrampado en el juego, había sacado á la *Canóniga* cinco mil duros para pagar sus deudas. Por lo que se supo luego, en vez de pagar se jugó la cantidad, y la perdió.

Entonces no se le ocurrió cosa mejor que robar la caja del batallón y escaparse con la Adela, la doncella de la Cándida, que era una muchacha muy bonita.

Lozano se proveyó de papeles falsos; fué á Orán, donde tuvo un café, y años después se alistó como voluntario en el ejército francés y murió en una emboscada de los moros.

La Adela, que había seguido con el café de Orán, se casó con el dependiente, un francés trabajador, y se hizo rica.

La Cándida, al saber la fuga del capitán con su doncella Adela, á quien consideraba tan fiel, sintió grandes accesos de melancolía, que intentó curárselos á fuerza de alcohol.

Alguien le indicó que llamara á la *Zincalí*, la vieja gitana, que tenía filtros para curar el mal de amores. La Cándida la llamó, y la gitana entró en la casa y llegó á apoderarse del ánimo de la *Canóniga* con sus mentiras y sus arrumacos.

La casa llegó á ser un asilo de la gitanería del pueblo.

La *Zincalí* se encargó de proporcionar amantes á la Cándida y de sacarle el dinero.

El pueblo entero la había aislado, como á una apestada.

La *Canóniga* se trasladó á un casucho del barrio del Castillo, que se convirtió en mancebía.

Un proceso que se entabló contra ella y la vieja gitana, acusadas por un médico de dar bebedizos y de hacer abortar con la hierba del Buen Varón, les obligó á las dos á ir á la cárcel, y arruinó por completo á la Cándida.

Desde entonces, la pobre mujer comenzó á oficiar de Celestina.

Luis Torralba desapareció de Cuenca, al morir su madre, y fué á establecerse á Valencia.

La abuela de Asunción murió. Asunción, sin familia, vivió sola en la casa de la Sirena hasta que recogió la herencia de un pariente lejano, lo que le permitió mejorar de posición.

Entonces llevó á vivir con ella una sobrina pobre y la prohijó. Ya vieja, con el pelo blanco, siempre vestida de luto, se la veía pasear con su sobrina. A veces, al sentarse á descansar sobre una roca de la Hoz, su cara afilada reposaba sobre su mano, y sus ojos tenían una gran expresión de melancolía.

Durante mucho tiempo, únicamente la casa del pertiguero del callejón de los Canónigos siguió igual: el viejo Ginés leyendo, la Dominica trabajando, el constructor de ataúdes filosofando, D. Víctor comentando al canónigo volteriano, el *Degollado* cantando en la calle con su hermosa voz las oraciones, Astaroth roncando y mirando el vacío con sus ojos de oro, y el cuervo monologando.

Al comenzar la guerra civil, el viento de la muerte sopló sobre la casa. Ginés y la Dominica murieron; D. Víctor se unió al canónigo carlista Bataneró, y peleó con él en la guerra civil. Luego, no queriendo aceptar el Convenio de Vergara, fué internado en Francia y conducido á Alenzon, donde murió.

Astaroth, el espíritu familiar de la casa, desapareció un día misteriosamente, y se lo encontró pocos días después muerto en la calle; dejando el campo libre á Juanito, el cuervo, que tenía cuerda más larga para la vida.

Damián, el carpintero, fué únicamente el que sobrevivió á la familia de Ginés, y siguió construyendo sus ataúdes, grandes y pequeños, de hombres de mujeres y de niños, negros y blancos, en su portal de la casa del callejón de los Canónigos.

Mientras trabajaba, Juanito el cuervo mascullaba palabras confusas desde lo alto del armario de los féretros; en el reloj del canónigo Chirino las edades de la vida seguían huyendo ante la Muerte con su sudario y su guadaña; Caronte se balanceaba en su barca; el viejo Cronos, alado y haraposo, meditaba con el reloj de arena en la mano; la música de campanillas tocaba su sonata melancólica al salir la Virgen, y seguía brillando en la orla de bronce la terrible sentencia sobre las horas: *Vulnerant omnes, ultima necat.*

Todas hieren; la última, mata.

Los guerrilleros del Empecinado en 1823

NUEVA COMISION

En apariencia la vida de un hombre de acción es un juego de azar, una lotería en la que se emplea mucho dinero y sólo de tarde en tarde toca un premio pequeño, en realidad la vida de un hombre de acción, si es una lotería, es una lotería que toca siempre, porque el jugador lleva el mayor premio en el máximo esfuerzo.

La acción por la acción es el ideal del hombre sano y fuerte; lo demás es parálisis que nos ha producido la vida sedentaria.

Unos días después de recibir la visita de Cugnet de Montarlot, el Empecinado y el *Lobo* se presentaban en casa de Aviraneta.

Al día siguiente el general y D. Eugenio iban al Ministerio de Estado á conferenciar con D. Evaristo San Miguel..

Se habló entre los tres largo rato de la situación de España y de la invasión francesa, que parecía inminente.

Don Evaristo tenía alguna esperanza en el fracaso de la Intendencia de los ejércitos que había de mandar Angulema.

Esto unido á la oposición de los liberales, pensaba, podría influir en el Gobierno francés.

—¿Es que no tienen víveres?—preguntó Aviraneta.

—Eso me comunican los agentes — contestó el ministro —, pero no hay que abrigar mucha confianza. Es posible que mis agentes estén en relación con los realistas.

—Es muy probable—añadió Aviraneta.

—Casi valdría la pena de que fuera usted otra vez á Francia—dijo de pronto San Miguel.

—¿A París?

No; á la frontera.

Pues si usted quiere, voy. ¿Qué hay que hacer?

—Primero averiguar cómo va la cuestión de la Intendencia del ejército de Angulema, y si no hay esperanza en esto, marchar á San Sebastián y ayudar á los emigrados franceses, que parece que van á hacer un intento.

—Muy bien. Estoy á la orden de usted.

—Pues cuanto antes. Si se puede hoy, mejor que mañana. Me conviene que vaya usted en seguida. En cuanto llegue usted á la frontera, que le tengan una silla de postas preparada, é inmediatamente que sepa usted algo definitivo me avisa.

—Y en San Sebastián, ¿qué haré?

—En San Sebastián activará usted la gestión de los carbonarios. Usted creo que es carbonario también.

—¿Por dónde lo sabe usted?—dijo Aviraneta algo alarmado.

—Amigo, un ministro tiene sus informes secretos.

—Yo creí que en España los ministros eran los últimos que se enteraban de las cosas—replicó sacásticamente Aviraneta.

—Como ve usted, no siempre—dijo D. Evaristo, riendo—. Cuando llegue usted á San Sebastián se pondrá usted al habla con el jefe político y el militar. Usted, como hombre más expeditivo, les aconsejará que obren con rapidez, aunque sea saltando por encima de la ley.

—Mala opinión tiene usted de mí, D. Evaristo.

—No, hombre, no. Muy buena.

—¡Hum! ¡Qué sé yo! Creo que me considera usted como un apreciable granuja.

Bien. Ya discutiremos eso con más tiempo. Ahora voy á hacer que escriban los reales decretos: uno para usted, Aviraneta; otro para usted, D. Juan Martín.

—¿Qué ha pensado usted para mí?—preguntó el Empecinado.

—Haré que el rey le autorice á usted para el levantamiento y organización de guerrillas en Castilla la Vieja y la Nueva, para oponerse á la invasión de los franceses.

—¿Querrá?

¡Qué remedio le queda!—exclamó irónicamente San Miguel—. ¡Mientras esté con nosotros! Esperen ustedes un momento aquí. Yo mismo voy.

Quedaron solos Aviraneta y el Empecinado.

—De manera que eres carbonario—preguntó D. Juan Martín.

—Sí.

—¿Y por qué no me lo has dicho?

—Hombre. ¿Para qué?

—Yo no he tenido secretos para tí.

Aviraneta no contestó. Esperaron cerca de una hora y al cabo de este tiempo, volvió el ministro, un poco nervioso y sofocado, con los dos despachos.

En el uno mandaba á los gobernadores, alcaldes y justicias del reino que obedecieran las órdenes de D. Eugenio de Aviraneta; en el otro nombraba comandante general de todas las columnas patrióticas que se organizasen en ambas Castillas, con facultades extraordinarias para crear cuerpos y premiar el mérito militar hasta coronel inclusive, á D. Juan Martín, el Empecinado.

Espero que harán ustedes maravillas—dijo el ministro.

—Haremos lo que podamos replicó D. Juan Martín.

—Se acerca el momento de prueba—repuso el ministro—. Quiera Dios que salgamos con bien. Hasta la vista, señores.

Adiós.

Se estrecharon las manos, y D. Juan Martín y Aviraneta salieron de Palacio.

—Iremos juntos hasta Valladolid—dijo el Empecinado.

—Bueno, iremos juntos—contestó Aviraneta.

MASCARADA MILITAR

Salieron Aviraneta, el Empecinado y el *Lobo,* á caballo, con una escolta de lanceros, y el primer punto en donde hicieron una parada larga fué en la finca de Castrillo, de D. Juan Martín.

El Empecinado había pensado en reunir á sus antiguos guerrilleros. Efectivamente, mandó recado á los amigos de toda la comarca: unos no estaban en sus casas, otros habían muerto, otros no podían.

De Castrillo se pasó á Aranda, y aquí también, excepción hecha de Diamante, Valladares y alguno que otro miliciano nacional, no acudió nadie al llamamiento.

Se decidió nombrar jefe de la Milicia del partido de Aranda á Diamante y encargarle de la organización de una columna patriótica.

El *Lobo* aprovechó su estancia en Aranda para traspasar su posada y su fragua á un pariente, y decidió, en espera de los sucesos, llevar su familia á un pueblo de la provincia de Burgos, de donde era su mujer.

Casi con la seguridad de que la comarca del Duero no respondería al llamamiento para luchar por la Constitución, se siguió á Valladolid.

El Empecinado y Aviraneta giraron una visita á los cuarteles y á los parques de la ciudad castellana, y recibieron una impresión desconsoladora.

Les acompañó un oficial de Estado Mayor, ex ayudante de Zarco del Valle.

Los informes de éste les sirvió para darse cuenta de la situación. No había en los parques material de artillería: los cañones eran malos y viejos, perfectamente inútiles, y faltaban las municiones. Respecto á la caballería, estaba en cuadro, y hacía mucho tiempo que no maniobraba.

Lo mejor era la infantería, y aun así, escaseaban fusiles, cartuchos, uniformes y armas blancas.

En cuestión de competencia, según el oficial de Estado Mayor, se estaba á la altura de lo demás; los oficiales conocían únicamente la guerra de guerrillas y de pequeños grupos. El Estado Mayor no se hallaba constituído científicamente: parecía un cuerpo sin más objeto que llevar un uniforme lujoso.

Los generales y jefes políticos querían resolver en un momento lo que no se había resuelto en años, y daban constantemente órdenes diversas y contradictorias.

Para obviar la falta de uniformes y armas, las autoridades decidieron abrir las cuadras, conventos é iglesias arruinadas, donde se habían almacenado los despojos del ejército de Napoleón, y comenzaron á aparecer, con gran regocijo de la gente, cascos, chacós, morriones y turbantes de polacos, alemanes, mamelucos y franceses. Al mismo tiempo salieron lanzas, alfanjes, espadines y gumías.

Un gran motivo de confusión y de desorden en las ciudades eran las Sociedades secretas, que obligaban á sus afiliados á adoptar una actitud especial ante los sucesos. En el ejército, casi todos los oficiales y jefes pertenecían á algún grupo político.

Los generales habían dado el ejemplo.

Mina era carbonario; O'Donnell, San Miguel, O'Daly y Montijo, masones; Ballesteros, el Empecinado y Palarea, comuneros; Morillo, anillero.

Una divergencia parecida á la de los jefes de altos cargos existía entre los oficiales subalternos, que intrigaban abiertamente contra la política de los unos ó de los otros.

Para mayor confusión, los liberales exaltados de los Ayuntamientos, casi todos ellos de la Milicia nacional, viendo la indiferencia y pasividad del ejército, pretendían dirigir y preparar la defensa de los pueblos con planes absurdos y descabellados.

Estos milicianos pensaban que los jefes no manifestaban bastante ardimiento en la defensa de la libertad. En los pueblos se veía ir y venir á los exaltados seguidos de sus grupos.

Algunos de estos ciudadanos, con su indumentaria napoleónica, sus casacas, sus morriones, sus tricornios, sus corazas, sus sables corvos de mameluco, parecían comparsas de carnaval.

El mayor contingente de soldados espontáneos lo daba la clase media; los pobres, en general, odiaban á los liberales como se odia á los tiranos: no los teníán por gente del pueblo, sino por aristócratas extranjerizados, enemigos de todo lo popular.

Había, además de causas de simpatía espiritual, otras más materiales para explicar el odio de la plebe feota á los liberales: el liberal, en aquella época, mandaba, el realista obedecía; el miliciano estaba bien vestido; en cambio el soldado de la fe andaba roto y haraposo. El feota quería cambiar su camisa desgarrada y sucia por la casaca abrigada del audaz matareyes y del impío matafrailes.

Por entonces empezaba á generalizarse la palabra *negro* para llamar al liberal, palabra que tuvo su expansión con la entrada triunfal de los franceses con Angulema.

En los liberales de los pueblos había las mismas divisiones que en los de Madrid

Los masones eran las personas más ilustradas; los comuneros, los radicales y los lectores del *Zurriago*, formaban una turba de demagogos callejeros, escandalosos y chillones, que gritaban en las tabernas y se confundían con la gente clerical.

En el ejército había muchos oficiales enemigos de

la Constitución. Estos no se recataban en decir que veían próximo y deseaban el triunfo de los franceses.

Los oficiales liberales entusiastas buscaban la manera de preparar una resistencia seria; pero se encontraban hundidos en aquel pantano de debilidades, de desconfianzas y de intrigas.

Por otra parte, los sargentos y cabos de milicianos comuneros y zurriaguistas creían que las tropas de Angulema estaban en la frontera únicamente para intimidar á los descamisados españoles; pensaban que el ejército francés era un ejército falso, inventado por los pasteleros masones.

Con este ambiente de indisciplina, de vacilaciones y desconfianzas, era imposible que el país y el ejército hiciesen algo serio.

Así, el fracaso constitucional fué consumado de una manera pobre, triste y grotesca, sin grandeza en el vencedor ni heroísmo en el vencido

III

ANTIGUOS AMIGOS

Dejando á don Juan Martín muy desalentado, Aviraneta, en compañía del *Lobo*, marchó á Burgos; se detuvo unas horas en Miranda y en Vitoria, y llegó á San Sebastián.

Estaba de jefe político un navarro llamado Alhistur, y mandaba la guarnición el brigadier de Caballería don Pablo de la Peña, que tenía á sus órdenes los regimientos incompletos de Valencey, España, Salamanca é Imperial Alejandro.

Aviraneta conferenció con los dos jefes y les explicó su misión de averiguar lo que ocurría con la Intendencia del ejército de Angulema.

—El ministro supone—dijo Aviraneta—que si el Gobierno francés no resuelve este punto, su empresa morirá por consunción antes de nacer.

—Yo creo que lo resuelve—repuso el brigadier Peña.

—Entonces ustedes, los militares, tendrán la palabra—contestó Aviraneta.

—¿No es usted militar?

—Militar de afición. He sido guerrillero.

—¿Durante la guerra de la Independencia?

—Sí.

El brigadier Peña contempló á Aviraneta con curiosidad.

¿Y qué pretende el ministro?—repuso.

El ministro desea que se den facilidades al proyecto de los republicanos franceses, que intentan hacer desistir á sus paisanos de la invasión.

—Estoy enterado de ese proyecto—dijo el brigadier.

—Yo también—repuso el jefe político—, y ayudaré con mis medios.

—Entonces de acuerdo—añadió Aviraneta—; yo me voy á Bayona y la primera noticia definitiva que sepa la enviaré con un propio á Behovia.

—Entonces yo me encargo de recogerla y hacer que la lleven por la posta á Madrid—dijo el jefe político.

Aviraneta dejó al *Lobo* en San Sebastián y se dirigió á Irún. Encontró allí á su amigo Juan Olavarría, quien se manifestó muy pesimista. Creía que Angulema entraría sin dificultades, y que el ejército español no sabría defenderse.

Los liberales de Irún habían publicado una alocución que terminaba diciendo:

"Si á pesar de todo la libertad sucumbiera, aun nos quedaría un arbitrio que se burla de todos los tiranos: perecer, como Leonidas, bajo las ruinas de la República.,,

Aviraneta tenía poca fe en las frases, y no hizo de ésta mucho caso.

Aviraneta alquiló una barca en Fuenterrabía, pasó á Hendaya, y en un cochecito fué á San Juan de Luz.

Aquí se detuvo en la casa donde vivía la viuda de Ignacio Arteaga. Encontró á Mercedes como siempre muy guapa. Corito, la ahijada de don Eugenio, tenía ya tres años y estaba muy bonita, hablaba mucho; contaba largas historias. Aviraneta comió con la viuda y pasó unas horas en la terraza de la casa, con la niña en brazos, mirando el mar.

Recordó los tiempos en que solía estar en compañía de Lara y de Fermina la *Navarra*, con la hija de Martinillo el pastor, en un pueblo de la provincia de Burgos.

En aquellos momentos, en su imaginación se fundían la hija de Teodosia y Corito, y eran la misma persona.

Por la noche llegaron á casa de Mercedes su tío don Francisco Ramírez de la Piscina con el señor Salazar, dos personalidades de Laguardia.

Ramírez de la Piscina era un señor vestido de traje negro, algo raído, con calzón corto, casaca larga y aire clerical, frío y solemne.

El Sr. Salazar contrastaba con él por su aspecto

elegante. Salazar parecía salir de una fábrica recién construído y barnizado. Iba muy elegante: vestía pantalón estrecho con trabillas, levita azul estilo inglés, botas que le sonaban al andar, cuello de camisa limpísimo y corbata brillante de muchas vueltas. Sobre el chaleco rameado llevaba una gruesa cadena de reloj con muchos dijes, y en los dedos, una porción de sortijas.

El Sr. Salazar iba tan empaquetado, que cualquiera hubiese temido que iba á hacer crac y á romperse por alguna parte.

Ramírez de la Piscina era realista; el Sr. Salazar figuraba entre los anilleros y se tenía por hombre que miraba los acontecimientos con frialdad y buen sentido. Hablaba de una manera un tanto pedantesca.

—Yo entiendo—le dijo el Sr. Salazar á Aviraneta—que la Constitución de Cádiz tiene poca vida.

—¿Por qué?

—Porque no la han de dejar robustecerse, reconstituirse: ó ha de vencer, y para eso no tiene fuerza, ó ha de morir de anemia. Dentro tiene como enemigos al rey y á la corte, que trabajan de consuno con su dinero y su influencia en su descrédito, y, á mayor abundamiento, á los frailes, á los afrancesados, á los realistas, á los moderados. ¿No es cierto?

—Sí.

Fuera tiene como enemigos á la Santa Alianza, á Francia, que hoy está bajo una dinastía restaurada; á Inglaterra, gobernada por una aristocracia *tory*, á la prensa europea y al comercio de todo el mundo. Esto hace pensar que no vivirá.

—¿De manera que vamos al absolutismo, al gobierno de los frailes?

—Algunos afirman que el Gobierno de Luis XVIII ha ofrecido una Carta otorgada por el rey, á estilo francés, con dos Cámaras; pero que las Cortes no la aceptan. Esto no es óbice para que este sistema se acepte tarde ó temprano en España.

—No sé; lo que no creo es que el ofrecimiento sea cierto —replicó Aviraneta—. Los políticos franceses suponen que España no puede salir del absolutismo. Piensan que á los españoles nos viene grande, no una Constitución democrática como la de Cádiz, sino una sombra de Parlamento vigilado por el Gobierno.

Tras de las divagaciones de Salazar, el Sr. Ramírez de la Piscina contó á Aviraneta las postrimerías de la regencia de Urgel. Esta regencia, después de haber trabajado por el absolutismo y la intervención, tomaba á última hora una actitud casi facciosa ante los realistas.

Uno de los directores, Eroles, había abandonado á sus compañeros y se había unido á Eguía. Los otros dos, los más acérrimos, el marqués de Mataflorida y el arzobispo Creux, habían salido de Toulouse *motu proprio*, estableciéndose en Perpiñán.

Estando allí se les presentó el general Bordesoulle y les invitó á que regresaran á Toulouse inmediatamente á cumplimentar al duque de Angulema.

La decadencia de la regencia de Urgel daba más importancia al general Eguía. Este escribía á Mataflorida diciéndole:

"Renuncie V. E. á toda idea de sostener la regencia que formó, dejando obrar libremente la que yo debo presidir.,,

Mataflorida, indignado, comunicó á sus amigos que Eguía era partidario de la Carta y de las dos Cáma ras, cosa horrible para un realista puro, y les advirtió que pensaba entrar en Navarra á desenmascarar á los traidores. Eguía, incomodado, contestó dando orden de prenderlo si se presentaba en Navarra. Mataflorida dirigió una protesta al duque de Angulema, y éste, en vez de escucharle, mandó confinar al marqués y al arzobispo absolutistas en el interior de Francia.

Eguía triunfó en toda la línea, y con Calderón, Juan Bautista Erro y el barón de Eroles fundó la Regencia provincial, que comenzó en Bayona y se instaló después en Oyarzun.

IV

EN EL ESPIONAJE

Con sentimiento dejó Aviraneta San Juan de Luz y se dirigió á Bayona. Tomó un cuartucho alto en la fonda de San Esteban, que fué lo único que pudo encontrar, pues todos los hoteles estaban ocupados, y se dispuso á enterarse de cuanto pasaba.

Su primera gestión fué ir á casa de Juan Bautista Beunza, que vivía en la calle de los Vascos, y encargarle que le tuviera constantemente preparado un tílburi para salir en cualquier momento y á toda prisa para España.

Hecha esta diligencia se dedicó á husmear por el pueblo. El ejército francés de ocupación estaba distribuído por las plazas del Mediodía de Francia. El duque de Angulema iba á ponerse al frente de cinco cuerpos de ejército. El primero se hallaba á las órdenes del mariscal duque de Reggio, con los tenientes generales conde de Autichamp, Bourke, vizconde de Obert y Castex. Este era el destinado á marchar sobre Madrid. Los otros los mandarían el general Molitor, el príncipe de Hohenlohe, el mariscal Moncey y el general Bordesoulle.

El general Guilleminot, hombre sagaz y de talento, distinguido como militar y como político, había sido nombrado mayor general.

Además del gran número de jefes y oficiales franceses reunidos en Bayona, estaba toda la flor y nata del absolutismo español, excepto los pocos que quedaban fieles á la Regencia de Urgel. Eguía, Erro, Quesada, Longa, José O'Donnell, el *Trapense,* Josefina Comerford, Urbiztondo, Corpas y otros muchos andaban por allí reunidos con sus partidarios, preparándose é intrigando.

El ejército francés, paralizado en la frontera, y la nube de cortesanos realistas, hacía que Bayona fuera un gran foco de noticias falsas.

Constantemente se decía que el ejército iba á salir, y al mismo tiempo se aseguraba que no podía marchar porque no tenía víveres ni para los hombres ni para los caballos, y que faltaban almacenes, carros y toda clase de medios de transporte.

Estas últimas noticias, unidas á las diferencias y al odio que se tenían los realistas españoles entre sí, alimentaban las esperanzas de los liberales. Por otro lado, algunos suboficiales y veteranos franceses decían que no querían batirse con generales de sacristía.

Aviraneta fué á casa de Basterreche y á la logia

de Bayona, á la librería de Gosse y á la de Lamaignere. Todas las logias del Mediodía de Francia se habían movilizado. Quedaba todavía en ellas un rastro republicano, un residuo de la tendencia girondina. En la parte vasca dominaban dos hombres: Garat y Basterreche; en las Landas quedaban algunos amigos de Ducos, y en la parte gascona persistía la influencia del convencional Barère, que vivía por entonces, ya viejo, en Bruselas.

A pesar de su versatilidad, de haber sido girondino, jacobino, bonapartista y hasta haberse ofrecido, según algunos, á los Borbones, Beltrán Barère era muy querido por los gascones, que veían en él un regionalista entusiasta y un enemigo de la centralización y de la supremacía de París sobre la provincia.

Tanto á Garat como á Barère se les consideraba por su influencia y su grado en la masonería, como *acerrimi libertatis et veritatis defensores:* acérrimos defensores de la libertad y de la verdad.

Estas logias de los pueblos del Mediodía de Francia se cambiaban órdenes y mandaban impresos asegurando que las tropas no entrarían en España y que los soldados franceses no querían ser criados de los jesuítas.

Al segundo día de llegar, en casa de Basterreche le dijeron á Aviraneta que el banquero Ouvrard aca baba de presentarse en Bayona. La noticia era grave, porque Ouvrard tenía fama de ser hombre expeditivo y capaz de resolver las mayores dificultades.

El día siguiente, 4 de Abril, Aviraneta se puso en campaña para seguir los pasos de Ouvrard. No era fácil, ni mucho menos. El banquero venía con su socio Seguín, su sobrino Víctor, una docena de criados, y estaba muy vigilado por la policía. Ouvrard tuvo varias conferencias con el intendente Sicard, con el duque de Bellune y con el general Tirlet.

El día 5, por la mañana, Aviraneta supo en la librería de Gosse que el príncipe generalísimo de las tropas francesas había llamado á conferencia á Ouvrard, y poco después se aseguró que se enviaba la caballería hacia las llanuras de Tarbes, porque no había forrajes suficientes para ella.

El mismo día por la noche Aviraneta tuvo la gran sorpresa de ver entrar en la fonda de San Esteban á la Sole con el marqués de Vieuzac.

Ella le conoció en seguida; el marqués, no. Aviraneta, por uno de los mozos del hotel, afiliado á la masonería, mandó á la Soledad un recado diciéndola que quería tener con ella una entrevista. La Soledad, sin duda, se alarmó al saber que don Eugenio estaba en el mismo hotel, y le contestó advirtiéndole que se hallaba muy vigilada, y que si le tenía algo que decir se lo comunicara por el mozo, sin escribirla. La Soledad no apareció por el comedor. Comía en su cuarto con una señora parisiense que la acompañaba.

Aviraneta hubiese querido averiguar algo por la Sole. Vieuzac, como empleado de importancia, debía estar enterado al detalle de cuanto pensaba hacer el Gobierno francés.

El día 5, por la tarde, el mozo masón de la fonda de San Esteban se acercó á Aviraneta y le dijo que tenía que hablarle.

Este mozo, que se llamaba Gracieux, era todo un tipo: alto, flaco, aventurero, hombre de gran nariz y de concepciones atrevidas. Gracieux era admirador de Aviraneta. Gracieux, con gran misterio, le dijo á don Eugenio que iban á tener una cena en un comerdocito aparte un ayudante del general Tirlet, el sobrino de Ouvrard, el marqués de Vieuzac y varias damas: la Soledad con su señora de compañía, una cómica amiga de Ouvrard y una bailarina entretenida por el ayudante de Tirlet.

El mozo masón dijo á Aviraneta que si quería le prepararía un escondrijo, y desde él podría oir la conversación.

—Vamos á ver eso.

Entraron en el comedor.

El mozo abrió la parte baja de un armario grande.

—Aquí puede usted meterse—le dijo.

—¿Aquí?—exclamó Aviraneta.

Sí, hay sitio. Un poco incómodo será.

—Veamos.

Aviraneta hizo la prueba y murmuró:

—La cabeza no está muy cómoda sobre un trozo de madera.

—Le traeré á usted una almohada.

—Buena idea.

Aviraneta cogió la almohada que le dió el mozo, y se tendió en el armario.

—¿A qué hora es la cena?—preguntó.

—A las doce.

—Tres horas de espera. Bueno. Me dedicaré á la meditación.

—Cuando se acabe la cena y se vayan yo vendré á sacarle á usted—dijo el mozo.

Aviraneta se tendió en su agujero y pasó las tres horas aburrido. Sonaron las doce, y no apareció nadie; á la una se presentaron las mujeres, y poco después de las dos llegaron los hombres.

Comenzó la cena. Vieuzac estaba galante con la Soledad. Ella hablaba ya bastante bien el francés, y se manifestaba, como siempre, muy mimosa, coqueta y melancólica.

Ouvrard el joven, como parisiense que encuentra que fuera de París no se puede vivir, comenzó á hablar mal de los meridionales. Según él, desde Angulema para abajo no se veía más que afectación, falsedad, farsa y mentira. A alguien había oído decir *Mendacia vasconica:* mentira vasca ó gascona, y repetía la frase.

Vieuzac, que procedía de Argeles de Bigorre, defendió á los meridionales con calor.

—Defienda usted también á su paisano el regicida Barère—dijo Ouvrard con ironía.

—Paisano y pariente—replicó Vieuzac.

—¿Es usted pariente del Anacreonte de la guillotina?—preguntó el ayudante de Tirlet.

Sí.

—Y creo que tiene cierto orgullo con ello—repuso Ouvrard.

—Como ustedes, los bretones, tienen entusiasmo por sus realistas salvajes.

—¿Vive Barère?—dijo el ayudante de Tirlet.

Sí, en Bruselas.

¡Qué extraña existencia la de esos hombres! ¿Usted le conoce?

—Sí. Es uno de los tipos más sugestivos y más amenos que se pueden tratar. En su conversación hace desfilar todas las figuras de la historia contemporánea de Francia.

Aviraneta pensó que perdía el tiempo en su agujero y que no se iba á hablar de la intervención; pero á los postres el ayudante de Tirlet preguntó:

—¿Y al fin entramos ó no entramos en España?

—Sí—dijo Vieuzac—. Está decidido.

—Mañana, á las diez, se firma el tratado de mi tío añadió Víctor Ouvrard— Su alteza real el príncipe generalísimo pondrá él mismo el sello en el contrato.

—¿De modo que han quedado todos los puntos resueltos?

—Todos.

—¿Y el ministro de la Guerra?

—El mariscal Víctor—dijo Ouvrard—está enfermo de gota, y grita á todas horas furioso que mi tío es un ladrón y que quiere quedarse con todo el dinero de la administración militar. —Y es posible que sea verdad.

—¡Vaya un buen sobrino! —exclamó el ayudante de Tirlet.

—Amigo de Platón, pero más amigo de la verdad—contestó Víctor Ouvrard.

—¿Amigo de quién?—preguntó la bailarina.

—De Platón... un banquero—dijo el ayudante de Tirlet, riendo.

¿Rico?

— Muy rico.

—Me gustaría conocerle.

—Es incorruptible.

—¡Bah!

Esos españoles lo están haciendo mal—exclamó Vieuzac.

Sí; vamos á hacer el juego á Fernando y á los frailes—repuso el ayudante.

Se hará lo posible para impedirlo—dijo Vieuzac—. Mientras el ejército francés esté en España, yo creo que los realistas y los frailes no se desmandarán, á no ser que los liberales cometan grandes violencias.

—En fin, poco importa —exclamó el ayudante— nos pegaremos con los españoles. Esta no es una guerra como las de Napoleón, cierto; pero el militar no puede elegir las guerras. De todos modos habrá ascensos y condecoraciones.

Tras de este intermedio político los comensales volvieron á su conversación de París, y á las cuatro de la mañana abandonaron el comedor. El mozo fué á avisar á Aviraneta que podía salir.

Este marchó rápidamente á su cuarto y luego á la calle.

Estaba clareando. D. Eugenio fué corriendo á la calle de los Vascos y llamó en casa de Beunza. Pronto bajó el hijo Pedro, acompañado de un joven, de Ustaritz, llamado Cadet. Sacaron entre los dos el cochecito, aparejado.

Aviraneta, Beunza y Cadet montaron en el coche y salieron inmediatamente camino de la frontera.

V

EN EL CAMINO

Beunza, el joven, dirigía muy bien; el caballo tenía mucha sangre y el tílburi marchaba á la carrera. El día estaba hermoso; el sol brillaba en los campos. Beunza saludaba á derecha é izquierda á las muchachas, que salían á las ventanas y reían, y las echaba besos.

Sabe usted que ayer hubo jaleo en el teatro de Bayona—, dijo de pronto Pedro.

—No. ¿Qué pasó?—preguntó Aviraneta.

—Pues nada: una manifestación de hostilidad entre los liberales y el ejército.

—Cuenta eso.

—Ayer, por la noche, se representaba una comedia bastante sosa, llamada *El interior de mi estudio,* en que se habla de la paz conyugal; y cuando se oía esta palabra paz, nosotros aplaudíamos. Entonces un ayudante del general Autichamp, que estaba en un palco, se levantó y gritó: *A la porte la canaille!* Nosotros contestamos, gritando: ¡Fuera. ¡Fuera! ¡Mueran los chuanes!

—Los militares se echarían sobre vosotros.

—Sí; dos oficiales franceses vinieron á pedirnos explicaciones á Cadet y á mí: yo le dije al mío que era una vergüenza que fueran á matar la libertad en España. Estábamos discutiendo en tono cada vez más agrio, cuando se presentó un señor gordo con pretensiones de elegante: gran levitón á la inglesa y sombrero de copa. Este señor debía tener algún ascendiente sobre los militares, porque los calmó y los hizo marcharse de allí.

—¿Usted es francés?—me preguntó luego, con un acento muy cómico.

—No, soy español.

—¡Ah, es usted español!

Sí.

—¿Castellano?

No, navarro.

—¿Realista?

—Republicano.

El gordo se echó á reir y encendió una gran pipa de ámbar que llevaba.

—¿De manera que es usted republicano?

Sí, señor.

—Yo soy realista.

—Peor para usted.

—Sin embargo, comprendo que cada cual tiene que tener sus ideas.

—Yo no lo comprendo—le dije.

—Es posible que haya usted oído hablar de mí—añadió el gordo, amablemente.

—Creo que no.

—Yo soy el general Longa. Francisco Longa, el guerrillero.

Como yo sé que Longa es además de muy valiente muy honrado, le traté con respeto y nos hemos hecho amigos.

El joven Beunza se consideraba á sí mismo como hombre á quien preocupaba únicamente la política, pero se le veía que se le iban los ojos tras de las muchachas que pasaban.

En el cochecito cruzaron, de prisa, por Bidart, San Juan de Luz y Urruña, y al llegar á Hendaya se encontraron con que estaban allí acantonadas fuerzas de artillería, infantería y caballería francesas preparándose para atravesar la frontera.

Aviraneta, Cadet y Beunza pasaron el Bidasoa en una barca, y en Behovia D. Eugenio, se encontró con el correo enviado por Albistur, el jefe político de Guipúzcoa.

Aviraneta se sentó á la puerta de un caserío y escribió un oficio al ministro y otro al gobernador de San Sebastián.

Poco después el correo salía al galope.

Aviraneta iba á buscar un sitio donde acostarse, cuando se encontró con el *Lobo*.

—¿Qué hay?—le dijo— ¿Está usted aquí?

—Sí, aquí estamos con los carbonarios franceses é italianos. Yo he venido con ellos de San Sebastián.

—¿Cuántos hay?

—Ciento y tantos.

—¿Nada más?

—Nada más.

—Mal negocio.

—Sabe usted que el jefe le conoce á usted.

—¿A mí?

—Sí.

—¿Quién es?

—Ha preguntado por usted. Si quiere usted verle...

—Sí; vamos.

El *Lobo*, Beunza, Cadet y Aviraneta marcharon hacia la cabeza del puente de Behovia, roto por entonces.

Había por allí varios grupos de paisanos y de militares con uniformes del tiempo de Bonaparte.

Los paisanos llevaban el traje clásico del liberal de la época: levitón largo y entallado, cerrado hasta la barba, sombrero blando y bastón de junco, con alma de plomo, sostenido en la muñeca con una cinta de cuero.

El *Lobo*, Beunza, Cadet y Aviranera cruzaron entre el grupo, y el *Lobo*, señalando á uno de los militares, dijo:

Ese es el jefe.

Aviraneta reconoció los ojos brillantes y la cara redonda, alegre y decidida del barón de Fabvier.

Aviraneta hizo un gesto de sorpresa y estrechó con efusión la mano del francés.

—Usted siempre en la hora del peligro—dijo Fabvier.

Al lado de éste se hallaban el coronel Caron y un hombre de unos cincuenta años, de tipo germánico, tostado por el sol, que resultó ser el general Lallemand.

El barón explicó á Aviraneta su proyecto.

Pensaba invitar, desde la orilla española del Bidasoa, á los soldados de Angulema á que abandonaran la invasión y á que se acogiesen á la bandera tricolor que enarbolarían ellos. En el caso de que los soldados de Luis XVIII simpatizaran, cruzarían el río en unas cuantas barcas que tenían en la orilla, cerca de Azquen Portu.

Si le puedo servir en algo, mándeme usted—dijo Aviraneta.

—Tengo un aventurero francés que he encontrado por aquí para dirigir mi pequeña flota, pero no es de confianza, no le conozco; vaya usted y tome la dirección de las barcas. Si la cosa sale bien, yo le llamaré para que se acerque.

—Bueno, voy en seguida.

Aviraneta con sus amigos, marchó camino de Irún, y, al llegar á Azquen Portu, se embarcó.

VI

EL BATALLÓN DE LOS HOMBRES LIBRES

El batallón de los Hombres libres, así se llamaba aquel puñado de ilusos reunidos delante de Behovia, había tenido una larga y difícil gestación.

Habían esperado los carbonarios organizadores formar una columna de mil hombres, con armas, entre franceses é italianos liberales. Esta tropa se iría alistando en Bilbao, Tolosa y San Sebastián.

Los jefes políticos de Vizcaya y de Guipúzcoa tenían orden del Gobierno español de ayudarlos.

El primer núcleo del pomposo batallón de Hombres libres fué una compañía de cazadores, formada en Bilbao con desertores franceses y algunos napolitanos.

Mandaba esta compañía el capitán de artillería Nantil, hombre de cierta fama. Nantil era un antiguo oficial de la legión del Meurthe, bonapartista, que había tomado parte en Francia en el proyectado asalto del castillo de Vincennes.

Este complot se fraguó en París antes de la constitución del carbonarismo.

Habían ideado los revolucionarios sorprender el castillo de Vincennes; después, Nantil y otro oficial, Capes, sublevarían sus regimientos de guarnición en París, y con la gente de los arrabales de esta ciudad darían el asalto á las Tullerías. Estaban complicados en la conspiración Lafayette con sus amigos, varios generales y oficiales de alta graduación, como Ordener, Fabvier, Caron y Dentzel. Después del movimiento en París, Argenson debía sublevar la Alsacia, Saint-Aignan, Nantes y Corcelles Lyon.

La víspera del día fijado para sorprender Vincennes, un polvorín de este fuerte voló por casualidad. Al hacer la sumaria, los agentes de la policía militar y civil notaron los trabajos de los conspiradores y las disposiciones tomadas para el asalto. Nantil y sus amigos escaparon.

Nantil vino á España y se estableció en Bilbao, y estuvo estudiando durante algún tiempo las fortificaciones de esta ciudad con el barón de Condé.

Nantil, con su compañía de cincuenta ó sesenta hombres, la bandera tricolor desplegada, pasó por las calles de Bilbao, el 20 de Marzo de 1823, al grito de ¡Viva la Libertad! ¡Viva la unión de los pueblos! y alguno que otro de ¡Viva Napoleón segundo! Los italianos de Nantil casi todos eran republicanos; los franceses, la mayoría. bonapartistas.

Este grupo marchó camino de Tolosa.

Pocos días después, el coronel Caron dejaba Madrid y se trasladaba á San Sebastián, en compañía de Fabvier.

Caron era hermano del militar fusilado en Estrasburgo á consecuencia del falso complot preparado por la policía y uno de los jefes más importantes de los carbonarios.

Fabvier era el que aparecía como organizador y hombre de empuje de los liberales desde la ejecución de los sargentos de la Rochela.

El punto de cita de los Hombres libres, hasta 1.° de Abril, fué Tolosa; pasado este día se reunirían en San Sebastián y en Irún.

El Gobierno francés no estaba tranquilo; á uno de los militares que había salido de París, con su uniforme de oficial bonapartista metido en la maleta, se le había ocurrido poner en ésta, para despistar, el nombre y la dirección del general Lostende, ayudante de Guilleminot. La maleta fué detenida por la policía, y se creyó que Lostende y el mismo Guilleminot estaban complicados con los revolucionarios, y el ministro de la Guerra, el mariscal Víctor, dió la orden de destituirlos.

El peligro que asustaba al Gobierno francés era bien pequeño.

El batallón de los hombres libres marchaba muy despacio y tenía bastante menos fuerza de lo que aparentaba.

Se había mandado aviso, por las ventas carbonarias, á Cugnet de Montarlot, á Vaudoncourt y á Delon; pero no se estaba muy seguro de que hubieran recibido el aviso, ni de que tuvieran tiempo de presentarse en San Sebastián.

Se esperaba mucho de los tres; sobre todo, de Vaudoncout y de Delon.

Delon, como casi todos los oficiales franceses de artillería cultos, era republicano, demócrata y partidario de la gente civil.

Esto separaba mucho á los republicanos de los bonapartistas, pues aunque los bonapartistas se llamaban liberales, eran en general enemigos de los hombres civiles.

Delon, de oficial de artillería, trabajó con entusiasmo con el general Berton en el movimiento de Saumur. Estuvo también complicado en el asunto de los sargentos de la Rochela; era jefe importante de los carbonarios, y vivía desde hacía tiempo en España.

Llegado el momento, Delon no se presentó, y Vaudoncourt, tampoco. Se vió con gran tristeza que en vez de los mil hombres que se esperaban, apenas se reunieron en San Sebastián unos doscientos, entre militares y carbonarios.

El último día apareció el general Lallemand, con dos amigos. Lallemand era fundador del Campo de Asilo de Tejas, que había sido un fracaso. Este general había iniciado una suscripción para formar una colonia, en América, suscripción que no se llevó á cabo porque los liberales comprendieron que no les convenía enviar á los oficiales liberales y bonapartistas, á medio sueldo, tan lejos.

Al volver á Europa y saber lo que se preparaba Lallemand, se presentó en seguida en la frontera española.

Varios generales, coroneles y comandantes formaban el batallón de los Hombres libres, que estuvo instalado unos días en San Sebastián.

En un pueblo pequeño, como entonces era éste, hubo dificultades para alojar aquellos hombres. Los liberales de la ciudad se los repartieron, y algunos lombardos quincalleros recién venidos al pueblo tomaron como alojados á los italianos.

El pequeño batallón de los Hombres libres se dirigió á Irún.

Iban en él Fabvier, Lallemand, Caron, Nantil, Berard, Lamotte, Moreau, Pombas y Armando Carrel. A pesar de su pequeñez, no se desanimaron.

Caron, Fabvier y Lallemand tuvieron una conferencia. Caron había recibido cartas de sus confidentes diciéndole que el primer cuerpo de ejército, que estaba ya en Urruña, avanzaría hacia Hendaya y las orillas del Bidasoa, el día 6 de Abril.

El día 5, por la noche, se decidió que el batallón de los Hombres libres se presentara en Behovia. Los militares, con sus uniformes y al frente la bandera tricolor, intentarían fraternizar con las avanzadas francesas.

El gobernador militar de San Sebastián envió al campo atrincherado de Irún al regimiento Imperial Alejandro, para demostrar á los franceses de Angulema que el Gobierno español patrocinaba la empresa de los carbonarios, y al mismo tiempo para defenderlos.

El día 6, por la mañana, el coronel Fabvier tomaba posiciones en la cabeza del puente destruído del Bidasoa.

Al otro lado del río, y al alcance de su voz, estaba el 9.° regimiento de Infantería ligera y de Artillería de campaña.

A primera hora de la tarde, el teniente general de Artillería Tirlet fué á la orilla del Bidasoa, delante de Behovia, y dió las órdenes al general Vallin para que estableciera un puente de barcas.

El general Vallin mandaba la brigada de vanguardia del primer cuerpo, y una compañía de esta brigada comenzó los trabajos para instalar los pontones.

Al mismo tiempo, algunas patrullas del regimiento Imperial Alejandro se acercaron á la orilla española, en observación.

Aviraneta, Beunza, Cadet y el *Lobo*, en las barcas, fueron acercándose á Behovia.

Era ya media tarde cuando apareció el grupo de bonapartistas y carbonarios, y comenzó á llamar á los soldados de las avanzadas francesas y á darse á conocer.

—¡Ahora vamos!—gritaron los de la orilla española.

—¡Sí, venid!—contestaron los soldados que trabajaban al otro lado.

En esto, los carbonarios se pusieron á cantar *La Marsellesa* y á agitar la bandera tricolor. Las notas del hermoso himno se extendieron por la superficie tranquila del río.

Aviraneta dió orden á los de sus barcas para que se acercaran á la cabeza del puente, donde se hallaban los carbonarios. En esto se vió avanzar al galope, en la orilla francesa, un general á caballo.

Era el general Vallin. Mandó preparar una batería; los artilleros obedecieron, y sonaron dos estampidos.

—¡Viva el Rey!—gritó el general.

—¡Viva!—contestaron los soldados, sin gran entusiasmo.

Fabvier y sus tropas, al ver que la descarga no había alcanzado á nadie, y creyendo que los artilleros estaban de su parte, gritaron, agitando la bandera tricolor:

—¡Viva la Artillería francesa! ¡Viva la República!

—¡Retiraos, miserables!—oyó Aviraneta que vociferaba el general.

—¡Viva la Libertad! ¡Viva la República!—contestaron los hombres libres.

Entonces el general Vallin volvió á mandar cargar los cañones, y se hicieron varios disparos, seguidos de metralla. Ocho hombres quedaron muertos en la orilla española, y veinte ó treinta heridos.

El general Vallin mandaba hacer alto el fuego, cuando se le presentó el cabecilla español el *Trapense* solicitando permiso para pasar el Bidasoa, con ochocientos soldados de la Fe, y perseguir á los carbonarios.

Aviraneta y los suyos iban á escapar dejándose llevar en las barcas por la corriente; pero de la orilla francesa les habían apercibido, y les intimaban á acercarse, si no querían recibir un tiro.

Aviraneta vió que era muy difícil escapar á quinientas balas que podían disparar sobre ellos, y se acercó á la orilla francesa.

La partida del *Trapense* quería pasar en las mismas barcas preparadas para los carbonarios.

No hubo más remedio que conformarse.

El *Trapense* venía montado en un caballo tordo, y cerca de él iba su amante, Josefina Comerford, de amazona, con un velo en la cara.

El *Trapense* entró con Josefina en la lancha.

Era el padre Marañón un hombre moreno, de ojos negros brillantes, melenas y larga barba espesa, de obscuro color castaño.

Su indumentaria tenía de hombre de iglesia y de bandolero de teatro. Llevaba sombrero de ala ancha, de color ceniza, con plumas rojas y amarillas y escarapela roja; zamarra de piel negra con el entorchado de brigadier en la ancha manga; calzones bombachos, de terciopelo azul, con muchos botones, y botas con gruesas espuelas de plata.

En la cintura ostentaba una canana y dos pistolas; en el pecho, un escapulario de la Orden de San Francisco y un crucifijo de metal dorado.

En vez de espada empuñaba un látigo.

Josefina Comerford entró en la lancha, y estuvo sentada al lado de Aviraneta.

Era esta dama realista una mujer seductora: tenía los ojos azules, la tez blanca y el pelo negro. Aunque no de gran estatura, su talle era muy esbelto.

Llevaba traje de amazona, dormán con alamares de oro, y una insignia de plata en la manga. Josefina, al ver que la observaban, tomó una actitud desafiadora y orgullosa

Beunza la estuvo contemplando con gran atención

—Lástima que le guste ese frailazo—dijo en vascuence; y uno de los remeros, al oirlo, se echó á reir.

Al bajar en la orilla española, el fraile enarboló el crucifijo, y lo dió á besar á un grupo de aldeanos que se había reunido allá.

Unos ochocientos soldados de la Fe fueron pasando, en barcas, á ocupar Behovia.

Al terminar, viéndose menos vigilado, Aviraneta, en su lancha se dejó llevar por la corriente, y desembarcó cerca de Irún.

Beunza y Cadet se metieron en casa de un amigo, con la intención de volver á Francia. Los demás remeros desaparecieron, y Aviraneta quedó en compañía de un pescador que llamaban el *Arranchale*, un francés apodado *Nación* y el *Lobo*.

En Irún se estaban haciendo preparativos para la entrada de Angulema, y como allí Aviraneta era conocido, decidió marchar á San Sebastián á pie.

VII

HUYENDO

Aviraneta y el *Lobo*, con los dos hombres de las barcas, *Arranchale* y *Nación*, tomaron el camino de San Sebastián. La noche estaba obscura, no se veía una luz en todo el campo.

Al llegar al alto de Gainchurizqueta se desviaron del camino, se metieron en una borda y se echaron á dormir sobre la hierba seca.

Aviraneta estaba rendido del ajetreo de los días anteriores.

Al amanecer se despertó el *Lobo*, llamó á los compañeros y salieron de la borda.

La mañana estaba radiante, el cielo muy azul y los campos muy verdes.

Durante la marcha fueron hablando los cuatro. El francés, *Nación*, era un hombre fuerte, membrudo, sombrío, de tipo brutal. Era del Norte, vestía un traje azul, de tela basta. Tenía los brazos tatuados y un anillo en la oreja; fumaba en una pipa corta y negra, en la que hundía el dedo pulgar. *Nación* consideraba España y el Mediodía de Francia como países salvajes.

Aviraneta le hizo algunas preguntas que no quiso contestar. Habló únicamente de los sitios de Europa que había recorrido, que al parecer eran muchos, y se dejó decir que había estado en los pontones. Aviraneta supuso que era algún forzado escapado de presidio.

El *Arranchale*, por el contrario de *Nación*, no conocía más que su país, y no sabía hablar más que vascuence. El *Arranchale* no entendía de política ni sabía lo que querían los liberales ni los realistas: para él, unos y otros peleaban por fantasía. El *Arranchale*, unos años antes, había dejado de ser marinero y se había hecho labrador; pero su mala suerte le indujo á tomar en arriendo un caserío de Oyarzun, en donde los blancos y los negros siempre tenían que parar á reñir y á llevarse después lo que hubiera.

Entonces el *Arranchale* había dejado su mujer y dos hijos en casa de la suegra, y andaba de un lado á otro trabajando en Francia ó España, siempre en el país vasco á pocas leguas de su casa.

El *Arranchale* no se atrevía á alejarse mucho porque á una pequeña distancia de su pueblo ya se sentía extranjero.

Era el *Arranchale* fuerte, membrudo, sonriente y ágil como un mono. Charlando, pasaron por delante de la bahía de Pasajes, que brillaba como un lago al sol, y se acercaron á San Sebastián.

La ciudad en su promontorio, arrimada al Castillo, formaba una pequeña península, unida á tierra por arenales, pero en aquel momento de marea alta, éstos se hallaban cubiertos de agua, y el pueblo, apoyado en el monte, parecía una isla fortificada, con sus murallas, sus baluartes y sus cubos.

Pasaron Aviraneta y sus compañeros un puente de barcas, se acercaron á la puerta de Tierra y entraron en la plaza.

Aviraneta fué á ver al gobernador militar. El gobernador y el Ayuntamiento tomaban en aquel momento las más enérgicas medidas: mandaban prender á varios frailes y curas y á otras personas sospechosas desafectas á la Constitución, entre ellas al escribano don Sebastián Ignacio de Alzate, tío de Aviraneta.

Siete presbíteros de los presos aquel día fueron después fusilados y arrojados desde las rocas del Castillo de la Mota al mar.

Aviraneta explicó al gobernador militar lo ocurrído en Behovia y el paso de los soldados de la Fe con el *Trapense* á la cabeza.

—No conocía estos detalles —dijo el brigadier Peña—; el fracaso de la empresa de los Hombres libres lo sabía porquè lo han contado ellos mismos.

—¿Han quedado aquí los carbonarios?—preguntó Aviraneta.

—Hace un momento han embarcado. Van la mayoría á La Coruña, á ponerse á las órdenes de sir Roberto Wilson.

—¿Y usted cómo está aquí, general? La plaza ¿se encuentra en buenas condiciones?

—No del todo—contestó el brigadier— Es una lástima que le quitaran á Torrijos el mando de las provincias vascas.

—¿Lo llevaba bien?

—Muy bien. Se hubiera podido resistir mucho mejor. Torrijos había comenzado los trabajos de aprovisionar y de defender San Sebastián y Pamplona con método. Al mismo tiempo se había puesto al habla con los republicanos y liberales franceses para poner obstáculos á la entrada del ejército de Angulema Cuando la amenaza de la invasión era ya inminente, Torrijos consultó con los generales, y todos opinaron que lo más prudente era retirar las tropas al interior, dejando guarnecidas las plazas. Todos opinaron así menos él y yo. Torrijos, que consideraba este plan descabellado, envió al Gobierno una exposición, manifestando los graves inconvenientes que tenía tal proyecto. El Gobierno, en vez de contestarle le destituyó, nombrándole ministro de la Guerra, y dió el mando de este distrito al general Ballesteros.

— Que no hace nada.

—¡Nada!

—Siempre lo mismo. No sabemos aprovechar la gente.

—Lo estamos llevando esto muy mal—dijo amargamente el brigadier Peña—; me temo que esta guerra va á ser vergonzosa para nosotros. Vamos á morir en la ignominia. Yo pienso resistir hasta lo último.

—¿El jefe político ha resignado el mando?

—Sí. Albistur, con el jefe político de Alava y el de Vizcaya, se han reunido con sus fuerzas de nacionales en Vitoria. Los milicianos de las tres provincias van hacer la campaña á las órdenes de don Gaspar de Jáuregui, el *Pastor*.

—¿Y usted se podrá defender mucho tiempo?—preguntó Aviraneta.

—Sí. Resistiré.

—¿Están bien las murallas?

Sí. Las veremos si usted quiere.

—Sí, vamos.

Salieron del baluarte de la puerta de Tierra hacia el Castillo, pasando por encima del puerto, dieron la vuelta al monte Urgull y volvieron por el lado de la Zurriola otra vez á la puerta de Tierra. Peña mostró las baterías, el hornabeque, los revellines y baluartes y expuso las probabilidades favorables y adversas que se podían tener con aquellos medios.

Por la tarde volvió Aviraneta á visitar al brigadier Peña, y éste le dijo que las tropas de Bourke se acercaban y habían tomado las lomas próximas al convento de San Bartolomé.

—Si tiene usted que marcharse, Aviraneta, puede usted darse prisa.

—Mañana me iré.

-Mañana estaremos bloqueados.

—Pero se podrá salir por mar.

—Sí, eso sí.

—Entonces no importa.

—¿A qué hora piensa usted salir?

— A la madrugada.

Bueno, yo daré orden de que le abran.

Al día siguiente, Aviraneta, el *Lobo*, *Arranchale* y *Nación* esperaban reunidos delante de la puerta del Mar.

Estaba amaneciendo; la campana de la iglesia tocaba á la primera misa y algunas mujeres y algunos pescadores pasaban por entre la bruma matinal como sombras.

En esto llegó delante de la puerta el Capitán de las llaves, examinó á Aviraneta y á sus compañeros y abrió un postigo; salieron todos al muelle, el *Arranchale* habló con un pescador y poco después los cuatro fugitivos, en una trainera pequeña, con una vela, salieron del puerto, pasaron por entre la isla de Santa Clara y el Castillo y marcharon hacia Orio.

El *Arranchale* estaba alegre de verse en el mar. Con su agilidad de mono subía y bajaba por el palo de la lancha para arreglar la vela, riéndose.

—Aquí, aquí cerca—dijo el *Arranchale* á Aviraneta—encontramos una ballena hace unos años.

—¡Una ballena tan cerca!

—Sí. E intentamos cogerla.

—¿Y la cogisteis?

—No.

—¿Y cómo fué?

—Pues pasábamos por aquí cuando la vimos dormida en el agua. Nos acercamos á ella, y yo dije: Atadme de la cintura y me acercaré. Llevábamos un arpón pequeño. Al llegar á la ballena di un salto desde la lancha sobre ella, y con todas mis fuerzas le clavé el arpón. La sacudida que dió fué terrible: yo estuve más de cinco minutos dando vueltas en la espuma, hasta que me llevaron á la lancha, que iba volando arrastrada por la ballena. Cuando me di cuenta de cómo íbamos dije: Cortad la cuerda. Pero no quisieron. Así fuimos yo no sé cuanto tiempo, hasta que la cuerda se rompió, y desapareció la ballena.

Al concluir su narración, el *Arranchale* se echó á reír. El *Lobo*, aunque no le entendía, se rió también. *Nación* refunfuñó diciendo á Aviraneta que aquel salvaje podía hablar un idioma comprensible y no aquella jerga endiablada.

Aviraneta no hizo caso de las murmuraciones del francés, y siguió hablando con el *Arranchale*, cuya alegría era comunicativa.

Llegaron á Orio, en donde los tomaron por gentes del ejército de la Fe; alquiló Aviraneta un coche, con un caballo, y tomando primero la carretera de la costa hasta Zarauz, y luego abandonándola por Cestona, Azpeitia y Elgoíbar, llegaron de noche á Vergara.

Se encontraron en las proximidades de esta villa á trescientos hombres, mandados por Mac Crohon, que habían salido de Bilbao custodiando un convoy que debían conducir á San Sebastián. Al saber por Aviraneta que los franceses estaban en España, Mac Crohon decidió retirarse, y marchar en busca de don Gaspar de Jáuregui.

En Vergara, como en todos aquellos pueblos, los absolutistas estaban entusiasmados con la entrada de los franceses: decían que se iba á restaurar la pureza de la fe y la unidad de la patria, y pensaban pedir el restablecimiento de la inquisición.

En la región vascongada pululaban las partidas realistas: Quesada, O'Donnell, Zabala, Altalarrea, alias *Francho Berri*, Juan Villanueva (Juanito el de la *Rochapea*), Fernández el (*Pastor*), Castor Andechaga y el cura Gorostidi maniobraban en Vizcaya, Guipúzcoa y Navarra.

Jáuregui, Oraá, López Campillo y Chapalangarra luchaban contra ellos.

El 9 de Abril, don Vicente Quesada, desde su cuartel general de Zumárraga, anunciaba la entrada en España de las tropas de Angulema.

Al día siguiente de llegar á Vergara, Aviraneta y sus satélites aparejaban el cochecito y salían en dirección de Vitoria.

Llegaron á esta ciudad, y Aviraneta se presentó en el Gobierno civil. No estaba el jefe político, Núñez de Arenas; y Aviraneta habló con un partidario liberal llamado Mantilla, venido de Murcia, á quien las tropas del *Trapense* fusilaron en Julio de 1823.

Mantilla quitó toda esperanza á Aviraneta de que Vitoria pudiera defenderse. Se entregaría al momento. En los pueblos, la Milicia Nacional no quería que se hiciera la recluta; así que no había esperanza alguna de tener hombres con qué resistir.

Aviraneta salió de Vitoria, se detuvo en Miranda y en Haro, y el día 15 de Abril estaba en Logroño.

VIII

DON JULIAN SANCHEZ

El Gobierno español había intentado organizar sus fuerzas, y había puesto todos sus prestigios en el mando de los cuerpos de ejército: Mina, en Cataluña; Ballesteros, en las provincias vascas; O'Donnell, en Castilla la Nueva; Morillo, en Galicia, y Villacampa, en Andalucía.

De estos cinco hombres, de quien se esperaba mucho, O'Donnell, eterno tránsfuga, abandonó la causa constitucional escribiendo una carta á Montijo, en la que se manifestaba enemigo de las Cortes; Ballesteros y Morillo capitularon; Villacampa no hizo nada, y únicamente Mina tuvo en jaque á los franceses, y llevó la campaña con brío y con fuerza.

Cierto que tenía él mejor ejército; que sus compañeros eran constitucionales entusiastas, y que todos lucharon hasta el fin, excepto el general Manso, que se pasó al enemigo.

De los caudillos sueltos, Torrijos, Chapalangarra,

Jáuregui, Valdés, Campillo y algunos otros fueron también intrépidos campeones de la libertad.

Entre los generales de la Independencia, don Julián Sánchez, el *Salamanquino,* estaba en Logroño.

Tenía á sus órdenes dos batallones: uno de Infantería de línea, y otro de Milicia activa; éste era el provincial de Logroño, mandado por don Joaquín Cos-Gayón. Había también un cuerpo de voluntarios, á las órdenes del coronel don Eugenio Arana.

En Logroño, como en casi todas las demás ciudades, los oficiales del ejército regular se sentían desalentados, y únicamente los voluntarios tomaban la defensa de la Constitución con calor.

Arana trabajaba con todo el entusiasmo posible: había pedido fusiles al parque, había formado una compañía Sagrada, había instado al Ayuntamiento á que publicase bandos llamando á los que debían ingresar en la Milicia Nacional, y á que se reforzaran las murallas de Logroño con las losas de la iglesia, suprimida, de San Blas.

Aviraneta, con el *Lobo, Arranchale* y *Nación,* llegó á Logroño y se presentó en seguida á Arana. Había un cabo de la Milicia Nacional, Pedro Iriarte, que era navarro, y Arana lo puso á las órdenes de Aviraneta.

Iriarte se distinguía por su entusiasmo: era silencioso, trabajador y liberal acérrimo.

Además de la Milicia de Arana, estaba en Logroño un pequeño grupo de guerrilleros que formaba la partida del *Hereje*, que procedía de los pueblos de la orilla del Ebro.

La partida del *Hereje* se distinguía por su radicalismo. El nombre del *Hereje* tenía su historia. Este jefe había estado de barquero en una barca del Ebro, trasladando gente. Cobraba dos cuartos por cabeza, y un día fué un vendedor de santos con una cesta llena de éstos, y pasó la barca.

—¿Cuánto es?—le preguntó al llegar á la otra orilla al barquero.

El *Hereje* contó todos los santos que llevaba, y dijo:

—A dos cuartos por cabeza, son catorce cabezas: veintiocho cuartos.

El vendedor protestó, y dijo que una cabeza de santo no podía pagar como una de persona, y añadió que no pagaba. El *Hereje* cogió la cesta con los santos, y la tiró al río. Desde entonces le vino el apodo.

El *Hereje* era hombre pequeño, moreno, canoso, muy vehemente y atrevido

Su partida no tenía buena fama, porque entre los que la formaban había gente que experimentaba gran inclinación por los bienes ajenos.

En períodos normales, la partida del *Hereje* habia estado varias veces suprimida por el capitán general; pero en aquel momento era indispensable aprovecharse de todos los recursos de que se pudiera echar mano, y la partida del *Hereje* tenía libertad de acción.

Aviraneta, Arana y el *Hereje* intentaron inflamar el espíritu público, y se convocó á una reunión de nacionales, que no tuvo gran resultado. Todo el mundo estaba desalentado, cansado.

Al día siguiente, Aviraneta y Arana fueron á ver al brigadier don Julián Sánchez. Don Julián Sánchez era hombre alto, rubio, de ojos azules. Ya no recordaba el antiguo garrochista, brioso y hercúleo.

A pesar de su fortaleza, era tipo de hombre distinguido, fino, cara melancólica, nariz corva y frente ancha y despejada.

Sánchez dijo que cumpliría las órdenes del general Ballesteros, quien le había mandado que resistiera, y cuando no pudiera más, se retirara hacia Soria.

La frialdad é indiferencia de don Julián le preocupó á Aviraneta. La mayoría de los militares no sentían con entusiasmo la causa liberal. Don Julián Sánchez no era ya el guerrillero arrebatado y valiente. Ya no se podía decir de él, como en una canción popular de la guerra de la Independencia:

> Cuando don Julián Sánchez
> monta á caballo
> se dicen los franceses:
> "Ya viene el diablo".

Don Julián no tenía por entonces ningún aire de diablo: más parecía un buen burócrata, apagado y tranquilo.

Aviraneta y Arana se despidieron del brigadier,

y pensaron en las providencias que se podían tomar.

Aviraneta era partidario de hacer saltar el puente de Logroño; pero Arana creía que quizás la parte reaccionaria del pueblo se exasperaría y les atacaría. Además, no había pólvora sobrante para hacer esto.

El puente tenía dos puertas, y se dispuso defenderlas con barricadas. Se hicieron dos parapetos, mal cimentados y sin gran resistencia, que se fortificaron con cuerdas y alambres.

Todo el mundo tenía la impresión del fracaso, y de que el enemigo entraría en la ciudad.

Algunos ilusos esperaban; dos mil hombres podían hacer algo.

Cierto que escaseaban las municiones, pero aprovechadas bien había posibilidad de detener á los franceses muchos días.

Al saberse la aproximación del enemigo, don Julián Sánchez comenzó á preparar, con los pocos medios que disponía, la defensa de Logroño.

Envió á la fuerza que mandaba Cos-Gayón á que tomara posiciones cerca del Ebro, se apoderara de las barcas, é impidiera el paso de los franceses por los vados.

El brigadier quedó para defender el interior de la ciudad con el batallón de Infantería de línea y los milicianos.

El día 17, las tropas del mariscal de campo, conde de Vittré, de la división del vizconde de Obert, se presentaron en los alrededores de la ciudad.

El día 18, por la mañana, el conde de Vittré envió un parlamentario á Sánchez, quien no lo quiso recibir.

Poco después, el primer batallón francés de ligeros del 20 de línea tomó posiciones, y empezó á tirotearse con los españoles.

Estos contestaron al fuego con ardor, y contuvieron á los franceses durante toda la mañana y parte de la tarde.

Comenzaban los voluntarios y milicianos á entusiasmarse con la defensa cuando se supo, con asombro, que el batallón de Milicia activa provincial de Logroño, mandado por Cos-Gayón, y enviado por Sánchez á las orillas del Ebro, alejándose de la capital y dejándola abierta por varios puntos se retiraba á Fuenmayor con ochocientos hombres y noventa jinetes.

La voz de traición corrió entre la tropa, y el desaliento cundió rápidamente por las filas constitucionales.

En esto, á media tarde, otra compañía francesa de ligeros del 21 de línea intervino en el ataque. Destacaron los franceses dos piezas de artillería, que rompieron el fuego contra la primera puerta del puente, destrozándola, y al poco rato un pelotón de zapadores, acercándose, la hundía á martillazos y destruía la trinchera. Sostúvose un momento desde la plaza el fuego, pero cesó de nuevo; y entonces un cornetilla francés, subido á los hombros de un tambor mayor, escaló la segunda puerta y la abrió.

Pronto los cazadores ligeros despejaron el puente; los constitucionales españoles comenzaron á retirarse hacia la parte alta del pueblo, cuando el general Vittré mandó al primer escuadrón de la Dordogne diera una carga contra los españoles.

Sánchez, rodeándose de sus tropas, había formado el cuadro para resistir el primer ataque de los de la Dordogne, y lo resistió bravamente. Como los franceses tenían una superioridad de fuerzas enorme, el general mandó al coronel Müller, de los húsares del Bajo Rhin, que atacara por segunda vez. La caballería cargó con furia cuesta arriba; las tropas de Sánchez se desordenaron, y el propio don Julián cayó herido de una lanzada en el costado y fué hecho prisionero.

Aviraneta estuvo á punto de ser derribado y fué alcanzado por una lanza, que le rompió el pantalón y le hizo un rasponazo en la pierna.

—Al camino de Soria—gritó el *Hereje* á Aviraneta.

Aviraneta, el *Lobo,* algunos otros milicianos y los de la partida del *Hereje* se defendieron en las esquinas de la calle del Mercado, disparando contra los franceses; al coronel Arana se le distinguía por su pelo blanco, entre sus milicianos, gritando y accionando, rojo de ira. Aviraneta y los del *Hereje* tuvieron que escapar subiendo á la parte alta del pueblo. Aviraneta vió á *Arranchale* y á *Nación* montados á caballo, dispuestos á huir. Aviraneta y el *Lobo* se acercaron á ellos, montaron en sus mismos caballos y tomaron la carretera de Islallana.

A la media hora de salir de Logroño se encontraron con varios milicianos, y media docena de hombres de la partida del *Hereje*.

Aviraneta quería reunirse con las fuerzas constitucionales; pero, al preguntar en el camino si habían pasado por allí soldados, le dijeron que no.

Según unos, el grueso de los liberales había tomado en su retirada hacia Rivaflecha. Otros creían que se había dirigido á Soria, por los montes.

Se hizo de noche. Aviraneta decidió detenerse en un sitio de fácil defensa y aprovisionamiento, y esperar allí al *Hereje*.

Se formó una patrulla, compuesta de veinte hombres, y en el camino quedó reducida á doce. A la luz de la luna pasaron Islallana y entraron en esa zona teatral y decorativa de la Sierra de Cameros.

Al pie de estos montes, desnudos y pelados, corría un río claro y espumoso.

Antes de Torrecilla de Cameros se detuvieron; mandaron á uno por provisiones al pueblo, y Aviraneta dispuso ocupar unas rocas que, como trincheras naturales, dominaban el camino.

Se pasó la noche allí, y á la mañana siguiente Aviraneta se encontró con que de los doce hombres del piquete, más de la mitad habían desaparecido. El coronel Arana no llegaba, y en vista de esto

Aviraneta dijo que cada cual hiciera lo que le pareciese mejor. Aviraneta y el *Lobo* compraron por diez duros, cada uno, dos caballos que llevaban los milicianos fugitivos, y que querían deshacerse de ellos.

Al día siguiente se supo que las tropas constitucionales huían á la desbandada.

Cos-Gayón dijo años más tarde que se había retirado á Fuenmayor con el batallón de Milicia activa, siguiendo las órdenes del general Ballesteros y que había sido atacado por los franceses que le dispersaron sus fuerzas.

Sin embargo, todo el mundo creyó que había obrado de acuerdo con los realistas, pues luego de la supuesta derrota, Cos-Gayón se retiró hacia Pedro Manrique; volvió á Logroño, y unas semanas más tarde el Gobierno absolutista le nombraba gobernador de Vitoria.

IX

AVIRANETA EN EL CONVENTO

Aviraneta dijo que él pensaba marchar á Aranda, y después á Valladolid, á reunirse con el Empecinado.

El *Arranchale*, *Nación*, el *Lobo* y un muchacho riojano de la partida del *Hereje*, á quien llamaban el *Estudiante*, decidieron seguirle.

Dejaron la calzada de Cameros, que se abre entre grandes masas de tierras rocosas, horadadas por el agua, coloreadas de rojo y amarillo, pasaron por delante de la cueva Lúbriga, donde se detuvieron un momento, y tomaron después á campo traviesa. No se sabía el espíritu que tendrían los pueblos por allí, y no era muy prudente entrar en ellos.

Dos ó tres veces se comisionó al *Estudiante* para que comprara pan y algunas viandas, y se hizo la comida en el campo.

—Oiga usted, capitán—dijo de pronto el *Estudiante*.

—¿Qué hay?—preguntó Aviraneta.

—¿Usted cree que no podremos entrar en estos pueblos con seguridad?

—No; seguramente que no. Sabrán que los franceses han tomado Logroño y los realistas estarán alborotados.

—Pues yo sé un sitio donde estaremos seguros.

—¿En dónde?

—En un convento de monjas. Tenemos que desviarnos una hora de camino.

¡Bah! No importa.

—Entonces vamos allá.

Se puso el *Estudiante* á la cabeza del grupo y los demás marcharon tras él.

El *Estudiante* era un joven vivo de movimientos, de estos tipos de señoritos de pueblo conquistadores y jactanciosos. Tenía los ojos negros y los ademanes petulantes. Llevaba un pañolito rojo en el cuello y una rosa, cuyo tallo mordía entre los dientes.

La mañana era de sol; el viento, frío y sutil, se metía en los huesos.

Al llegar á algún grupo de casas, la patrulla lo rodeaba sin acercarse.

Pasaron por delante de varias aldeas destacadas en el campo verde, con un color amarillo de miel ó de pan tostado, y las dejaron sin intentar entrar.

Al caer de la tarde llegaron al pueblo indicado por el *Estudiante*. Era grande, ruinoso, colocado en un alto, con casas amarillentas y pardas, alrededor de una iglesia enorme. De lejos parecía un montón de trigo rojizo levantado sobre la masa cenicienta y plateada de la sierra.

Se decidió que Aviraneta y el *Estudiante* entraran en el lugar, y que el *Arranchale, Nación* y el *Lobo* quedaran cerca de un abrevadero con los caballos.

Aviraneta y el *Estudiante* subieron por una rampa á la plaza del pueblo. Era ésta espaciosa, cuadrada

En aquel instante no había en ella nadie.

Uno de los lados de la plaza lo cerraba la Iglesia, una de esas fachadas inmensas de estilo jesuítico del siglo XVII, con dos torres altísimas y grandes remates barrocos

Otro de los lados lo formaba un viejo palacio abandonado, con una soberbia arcada sostenida por columnas de piedra amarillo rojiza.

Tenía este palacio magníficas rejas platerescas, balcones de hierro florido y grandes escudos. Las ventanas y contraventanas eran de cuarterones, pintadas con un rojo y un verde, desteñidos por el tiempo y la humedad, que tenían unos tonos de nácar. Algunos huecos de la casa estaban tapiados por dentro con paredes de ladrillo aspilleradas.

En medio de la plaza había una fuente de cuatro caños, con un gran pilón redondo.

El ruído del agua en la taza de piedra era el único que resonaba en aquel momento en el pueblo.

Aviraneta y el *Estudiante* entraron por una calle

de casas grandes, ruinosas, tostadas por el sol, con aleros artesonados, y salieron á una plazuela ó encrucijada de la que partía una rambla pedregosa y en cuesta.

A un lado de esta rambla había un edificio de ladrillo con una torre baja y un campanario rematado por una cruz y una veleta con un gallo. Era el convento.

Se acercó el *Estudiante* á una puerta pequeña y verde, abrió el picaporte, pasó él y tras él Aviraneta; recorrieron un pasillo enlosado y un patio con tiestos de geranios y claveles y llamaron en otra puerta, de la que salió una mujer flaca, atezada y sonriente.

—Ave María Purísima.

—Sin pecado concebida.

—Hola, señora Benita. Buenas tardes. ¿Cómo está usted?

Bien, ¿y usted?

—Bien; ¿podré hablar con Sor Maravillas?

—Sí; creo que sí.

Entraron en una habitación larga, obscura que olía á cerrado, con dos bancos largos de nogal y el torno en el fondo.

Se avisó á Sor Maravillas, y el *Estudiante* pasó al torno y habló con la monja, y se dedicó á echarla piropos con cierta petulancia y afectación de Tenorio. Aviraneta oía la risa de Sor Maravillas.

Luego el *Estudiante* le contó que había venido

con un amigo y que deseaba que les permitieran pasar la noche á los dos en casa de la señora Benita. La señora Benita era la guardiana.

—Ya se lo diré á la superiora—dijo Sor Maravillas.

Poco después volvió diciendo que podían quedarse.

El *Estudiante* piropeó de nuevo á la monjita y e torno se cerró.

Ahora quédese usted aquí—dijo el *Estudiante* —yo iré á buscar á ésos, encontraré sitio para meter los caballos y vendremos todos.

Salió Aviraneta del zaguán á un patio, y precedido de la señora Benita subió á un cuarto alto con un balcón corrido.

Aviraneta, como hombre acostumbrado desde chico á vivir con gente de iglesia, sabía tratarla, y habló á la señora Benita como si hubiera sido el capellán de la comunidad. La señora Benita quedó convencida de que era un santo varón y le estuvo explicando cómo vivían las monjas y las rentas que tenían.

Había ya obscurecido; la señora Benita tomó su cena y se fué á dormir. Aviraneta, esperando á sus compañeros, se asomó al balcón corrido de madera. La luna aparecía sobre un monte iluminando el pueblo de paredones blancos y de tejados completamente negros; abajo se veía el jardín de las monjas con un estanque cuadrado donde brillaban las estrellas; á lo lejos, la sierra se destacaba con todas sus piedras, como una muralla sombría que estuviera á pocos pasos.

A Aviraneta le vino á la imaginación el contraste de la España, tal como era, soñolienta, inmutable, con la agitación política de los últimos años; agitación que seguramente no había conmovido más que la superficie del país.

A las nueve apareció el *Estudiante* con el *Lobo*, *Nación* y el *Arranchale*. Traían comestibles y vino; habían dejado los caballos en una cuadra.

Comieron, y después de comer se prepararon para dormir; no había más que un catre con dos colchones. Los extendieron en el suelo é intentaron tenderse los cinco, pero no tenían espacio. *Nación* comenzó á refunfuñar.

—Aquí debe haber un desván muy hermoso dijo el *Estudiante*.

Salieron á la escalera, subieron de puntillas y se encontraron con que la puerta estaba cerrada.

—¿No se podría entrar por otra parte? - pregun- Aviraneta.

—Por el tejado quizás.

—Veamos cómo.

El *Estudiante* indicó por dónde se podía ir.

Aviraneta explicó al *Arranchale* lo que decía. Este, con su agilidad de simio, salió al balcón corrido, se subió por uno de los postes de los extremos, escaló el tejado y volvió al poco rato diciendo que había un camaranchón magnífico.

Nación no se decidió al escalo. Aviraneta y el *Lobo* siguieron al *Arranchale* y salieron á un desván grande, con columnas de madera, que tenía unas figuras de monumento de Semana Santa en un rincón entre ristras de ajos y de cebollas y grandes calabazas.

Durmieron admirablemente en un montón de paja; por la mañana, al despertarse, abrieron la puerta del sobrado y fueron al cuartucho en donde estaban el *Estudiante* y *Nación*.

Todos, menos el *Estudiante* y Aviraneta, se trasladaron al desván, y decidieron pasar unos días allá para descansar.

El *Estudiante* llevó á Aviraneta á la botica á que le curaran el rasponazo que tenía en la pierna.

La botica, un sitio de un par de metros en cuadro, miserable, ahogado, olía á humedad. El boticario era un viejo bajito, gordo, rojo, con el vientre piriforme y los ojos pequeños y malignos. Por lo que dijo el *Estudiante*, aquel boticario no debía saber una palabra de farmacia, porque su mujer, una vieja flaca y triste, con una venda negra en un ojo, hacía los récipes.

Le pusieron á don Eugenio unas hilas con ungüento en la herida y le vendaron la pierna.

Por la tarde, Aviraneta y el *Estudiante* visitaron á las monjas en el locutorio. Había ocho ó diez, todas de aire enfermizo y triste, menos Sor Maravillas, muchacha aún de buen aspecto, de ojos negros, brillantes, y cara ojerosa.

La historia de Sor Maravillas era tragicómica.

Había ido al convento de niña con su tía, que era la Superiora, y de oír á todas las monjas que la vida del claustro era la mejor, decidió profesar. Al comunicárselo á su tía la Superiora, ésta dijo que nó, que antes su sobrina tenía que ver el mundo y sus grandezas y sus complicaciones, y un día de Agosto sacaron á la muchacha del convento en compañía de la señora Benita y la hicieron dar una vuelta por el pueblo desierto, polvoriento, abrasado por el calor. Sor Maravillas volvió de prisa al convento diciendo que el mundo no le ilusionaba.

Aviraneta habló con las monjas con la mayor amabilidad y después se retiró en compañía del *Estudiante*.

Al marcharse la señora Benita, Aviraneta y el *Estudiante* entraron en el desván; *Nación*, el *Arranchale* y el *Lobo*, habían dado por una escalera interior con la despensa de las monjas y habían sacado jamón, bacalao, queso y dulce, y lo estaban devorando.

El *Estudiante* se alarmó porque dijo que la falta se la iban á atribuir á él; *Nación* le contestó con desprecio, y Aviraneta decidió que debían marcharse.

Se dispuso salir á media noche á buscar los caballos y por la madrugada dejar el pueblo.

X

DE NÁJERA Á ARANDA

No conocía el *Estudiante* muy bien el camino, ni Aviraneta tampoco, y en vez de marchar en línea recta á Salas, aparecieron á media mañana en Nájera.

Entraron Aviraneta y el *Estudiante* en el pueblo, y un linternero chato, de ojos negros y brillantes, pequeño, aceitunado, que trabajaba en una tiendecilla obscura de la calle Mayor, con quien entablaron conversación, les dió todos los informes que le pidieron. Les tomaron á los cinco por una avanzada del ejército de la Fe, y les trataron bien. Comieron en un cuarto de una posada, bajo de techo, con baldosas rojas y un balcón que daba á un pedregal, cruzado por el río Najerilla, y después de comer, se encaminaron hacia Santo Domingo de la Calzada.

A media tarde se detuvieron á descansar en la plaza de Alesanco. Una nube de chiquillos apareció al ver los caballos. Vino el alguacil á preguntarles qué pensaban hacer allí, y Aviraneta le dijo que se iban á marchar en seguida.

Un maestro de escuela, viejo, medio ciego, el único liberal del pueblo, salió al encuentro de los forasteros.

Se sentaron Aviraneta y él en un tronco de árbol que había al borde de los arcos de la casa del Ayuntamiento. El maestro tenía un gran entusiasmo por la libertad, y le temblaban las manos al hablar del liberalismo. Quiso traer á Aviraneta un mapa de la provincia, y se fué á buscarlo. Aviraneta quedó solo. Enfrente veía un caserón grande y unas casuchas de adobes, en cuyos tejados nacían verdaderos prados verdes. Vino el maestro con su mapa, se lo dió á 'don Eugenio, y éste y la compañía salió del pueblo.

El viento era fuerte y frío. Después de beber un trago, en un ventorro, se lanzaron en dirección de Santo Domingo de la Calzada, adonde llegaron de noche; durmieron en un parador de las afueras.

Al día siguiente, con un hermoso sol, dejaron Santo Domingo. Durante mucho tiempo estuvieron viendo su gran torre, alta y amarilla, hasta que en la revuelta del camino la perdieron de vista.

Al mediodía llegaron á Ezcaray, pueblo bastante grande, con una hermosa plaza, y siguieron camino de Salas.

Tardaron muchas horas en llegar á Salas; aquí tenía el *Lobo* un mesón amigo donde hospedarse, y pudieron descansar.

Poco después de salir de Salas les sorprendió un temporal de lluvia y viento que duró varios días.

El campo estaba cubierto de brezos, que empezaban á florecer. Cruzaron por Acinas, aldehuela que tiene cerca una peña con restos de castillo, y llegaron á Huerta del Rey. Decidieron guarecerse en el pinar, en una tenada de pastores, porque Aviraneta no tenía gran confianza en la gente de aquel pueblo.

Entre el *Arranchale* y *Nación* robaron un cordero, lo mataron y lo asaron.

Dejaron al mediodía el pinar de Huerta, y siguieron su marcha.

Enfrente se veía Somosierra nevada. Pasaron por delante de Quintanarraya, y al llegar cerca de Coruña del Conde el cielo comenzó á obscurecer y á ponerse morado; el viento levantó remolinos de hojas secas y de polvo en el camino, y empezó á granizar con una enorme violencia.

Se guarecieron los cinco en un soportal de una casa del pueblo, y cuando cesó el granizo siguieron adelante.

Pasaron por Peñaranda de Duero, Vadocondes y Fresnillo, y llegaron á Aranda por la noche.

El *Lobo* llevó al *Estudiante* y á *Nación* á su antigua casa, y Aviraneta á la suya al *Arranchale*.

Aviraneta se lavó, se mudó de ropa, y salió á la calle.

Habló un momento con el relojero suizo y con el

farmacéutico, y marchó después á ver á Diamante.

—Viene usted á tiempo—le dijo éste.

Pues, ¿qué pasa?

—Que iba á marcharme del pueblo. La Milicia nacional de todo el partido de Aranda está deshecha, y no hay quien la organice. Unos la han abandonado y se han pasado á los realistas; otros se han marchado á sus casas; el *Lobo* y dos ó tres más han ido á reunirse con el Empecinado.

—Sí, ya lo sé. ¿Y Frutos?

—Ese está con los feotas. Ya tienen preparado el batallón de voluntarios realistas, y mandan en el pueblo como si estuvieran en el poder. El teniente de realistas va á ser don Narciso de la Muela; el corregidor, don Manuel del Pozo, y el regidor primero, Frutos.

—¿De manera que aquí no podemos hacer nada?

—Nada, porque nadie nos obedece. Yo he intentado restablecer la disciplina: imposible.

—Entonces, vámonos.

Cuando usted quiera—dijo Diamante—¡Antes si pudiéramos hacer una barrabasada aquí! Podíamos trincar á los jefes realistas, y fusilarlos.

—No, no vale la pena—dijo Aviraneta—. Una gota más ó menos en el mar no es cosa. Lo que hay que hacer es marcharse rápidamente. ¿No quedan caballos de la Milicia?

—Sí; cuatro ó cinco.

—¿Hay armas?

—Ninguna. Todas se las han llevado los realistas.

—Pues avise usted á los milicianos amigos, y mañana, á la mañana, si es posible, saldremos todos para Valladolid.

—Esperaremos. Mandaré el recado de día y sin que nadie se entere. Ahora si los feotas vieran movimiento se alarmarían y quizás nos atacaran.

Entonces, mañana avíseme usted cuando podamos salir.

Bueno.

Hablaron Aviraneta y Diamante de los acontecimientos del pueblo y de la proximidad de la invasión francesa, y se separaron.

XI

EL ESPÍA DE ROA

Hasta las doce de la mañana Aviraneta y Diamante no estuvieron preparados para salir. A Diamante le acompañaban tres milicianos: uno era Valladares, el otro un exclaustrado voluntario de un convento de Peñaranda, á quien llamaban el *Fraile,* y que era tipo de mala catadura, y el tercero un cómico, que por dedicarse á representar entremeses y sainetes de tendencia liberal en los teatrillos de los pueblos y cantar canciones de circunstancias había tenido que alistarse entre los milicianos y huir de todos los lugares donde le conocían.

El *Cómico* era un viejecillo grotesco, flaco, estrecho, sin dientes, con la nariz en punta, los ojos hundidos, la barba mal afeitada y blanca y anteojos. Era de esos cómicos malos que en todas partes parecen actores menos en el teatro: hablaba como un pedante consumado.

Su compañero el *Fraile,* más repulsivo, era un

hombre grueso y grasiento, con la cara ancha, de blancura mate, tachonada de pústulas; ojos negros y unas barbas negrísimas, que parecían de alambre, con algunos hilos de plata. Este hombre, pesado y adiposo, tenía á veces movimientos de mujer, y una mano blanca y sin huesos.

Su conversación, mezcla de frases frailunas y de lugares comunes del liberalismo de la época, era de lo más desagradable que pudiera imaginarse.

Con los cuatro que llegaron con Diamante se reunieron nueve hombres á caballo. Diamante y el *Lobo* llevaban sable; los demás no tenían armas. Pasaron por Villalba, y luego, cruzando el monte de la Ventosilla, tomaron todos el camino de Valladolid. Aviraneta pensaba que les sería posible hacer las diez y siete ó diez y ocho leguas que hay de Aranda á Valladolid en dos jornadas; pero no contaba con lo imprevisto, y lo imprevisto fué que á tres de los caballos sacados de Aranda se les cayeron las herraduras y comenzaron á marchar al paso, cojeando.

A media tarde, un poco antes de llegar cerca de Roa, se les acercó un aldeano montado en un macho.

—¿Por aquí no podríamos herrar estos caballos?—le preguntó el *Estudiante*.

—Sí; ahí mismo, en Roa, que está á un paso.

—¿Hay que entrar en el pueblo?—dijo Aviraneta.

—No; el herrador tiene la fragua en la misma carretera.

Se acercaron á Roa. Se veía el pueblo rodeado

de sus viejas murallas, con sus cubos de piedra y sus restos de un castillo.

El aldeano que les acompañaba era un hombre bajito, amable, rasurado, que marchaba en su macho á mujeriegas, al parecer sin ganas de entrar en conversación con los milicianos.

Le preguntaron de nuevo dónde estaba el herrador, y él dijo que les conduciría á su fragua. Efectivamente, los llevó á todos cerca de una de las puertas de la muralla, á un cobertizo ennegrecido por el humo, en cuyo fondo brillaba el fuego y sonaba un martillo. Hubo que esperar largo rato á que terminaran de herrar á un potro bravo. Un mozo con el acial revolvía violentamente el belfo del caballo hasta hacerle sangrar; otro le había echado un lazo en la pezuña, y le tenía con el brazuelo doblado. El potro luchaba furioso; pero al último, estremecido y lleno de sudor, tuvo que dejarse poner las herraduras.

Después del potro comenzaron á herrar á los caballos de los milicianos, y cuando concluyeron era ya de noche.

Aviraneta pensaba que lo mejor era seguir; pero el *Fraile*, *Nación* y los demás opinaron que, puesto que estaban allí, debían cenar.

El aldeano que les había acompañado, y que hablaba con el herrador sosteniendo su mula del diestro, les dijo que allí cerca estaba la posada del *Trigueros*, y á pocos pasos una cuadra, donde podían meter los caballos.

Dejaron los caballos y fueron á la posada del *Trigueros.*

Entraron en la cocina y rodearon el fogón donde ardía la lumbre. Aviraneta, amigo de inspeccionarlo todo, entró por el pasillo y salió á un patio y á un corral.

La posada del *Trigueros* era un mesón grande, sucio y á medias derruído. Todo el mundo tenía allí mal aspecto. La dueña parecía un buho con sus ojos redondos y obscuros y la nariz picuda. El patrón era un hombre mal encarado, de mirada torva dirigida siempre al suelo.

Había también una criada, una muchacha morena, con la piel de tonos de cobre. Esta muchacha tenía unos ojos negros brillantes, la boca con una dentadura blanca, fuerte, de animal salvaje, el andar de gitana y un aire entre misterioso y amenazador.

Algunos, y sobre todo el *Fraile* y el *Estudiante,* comenzaron á galantearla; pero ella, por malicia ó por indiferencia, contestaba á lo que le decían con frases que no venían á cuento.

La rivalidad entre el *Fraile* y el *Estudiante* ante la criada hizo que los dos se enzarzaran en frases ofensivas, y que el *Estudiante* llamara Paternidad varias veces al *Fraile,* y que éste quisiera tirar un plato á la cabeza del *Estudiante.* Aviraneta intentó cortar la disputa, pero no le reconocieron autoridad. Se cenó en la cocina, y la cena fué tan larga que se resolvió jugar una partida al monte y quedarse allí á dormir.

El patrón de la posada, el *Trigueros*, se acercó varias veces á la mesa donde jugaban los milicianos, mirando al suelo, y anduvo rondando junto á ella.

Aviraneta, dirigiéndose á él, le preguntó:

—Oiga usted, patrón. ¿Hay aquí tropa?

¿Aquí tropa? A veces. ¿Es que son ustedes milicianos?

—¿Milicianos? ¿Por qué lo ha supuesto usted?

—Qué sé yo.

—¿Es usted el alcalde del pueblo?—le preguntó á su vez Aviraneta.

—Decía si eran ustedes milicianos.

—Yo decía si era usted el alcalde ó el juez.

El *Trigueros* comprendió que no le querían contestar, y replicó con cierta sorna amenazadora:

—Aquí se asegura que son ustedes amigos del Empecinado.

--¿Dónde es aquí?

—En el pueblo.

—¿Es que aquí le tienen mucho cariño al Empecinado?

—¿Aquí? Ninguno.

—¿Les gustará más Merino?

—Claro.

—Como cura. Es natural.

—Qué, ¿ustedes no son partidarios de los curas, verdad?

—¿Por qué no?

—¡Como dicen que son ustedes milicianos!

—¡Bah! ¡Tántas cosas se dicen!

El *Trigueros,* viendo que no sacaba gran partido con sus preguntas, escupiendo por el colmillo, se fué de allá.

Don Eugenio salió á la puerta del mesón. No tenía gran simpatía por Roa; sabía que aquel pueblo era muy absolutista, pero en esto no se diferenciaba de los demás. Años más tarde, cuando el capitán Abad y el corregidor Fuentenebro llevaron al patíbulo al Empecinado, Roa tomó una fama siniestra entre los liberales.

Después de jugar, los milicianos quedaron en la cocina, alrededor del fuego, bebiendo y hablando. El *Estudiante* y el *Fraile* siguieron batiéndose á sarcasmos ante la criada agitanada.

El *Lobo* tenía un amigo en el pueblo, á quien pensaba visitar.

Aviraneta quiso acompañarle. Salieron de la posada y se metieron en Roa. Pasaron por una de las puertas de la muralla, que tenía una imagen iluminada con dos farolillos, y por una callejuela llegaron á la plaza; luego, de aquí marcharon hasta una encrucijada, donde vivía el amigo del *Lobo.*

Aviraneta se despidió del *Lobo* y volvió á la plaza Mayor.

La noche estaba obscura. Iba marchando con gran precaución, cuando de pronto vió un grupo de sayones, con hopalandas negras; empuñando alabardas marchaban á la luz de unos faroles, y se pusieron á cantar.

Aviraneta esquivó el encuentro metiéndose en el hueco de una puerta. Aquellos sayones de las hopalandas negras, los Hermanos de las Animas, no eran para tranquilizar á nadie.

Aviraneta tomó por un callejón pedregoso.

Al marchar por él, en la obscuridad, vió un grupo de hombres en el fondo de una taberna que estaban hablando y discutiendo á voces. Aviraneta se paró á ver si oía algo; pero no llegaron hasta él más que fragmentos de frases sin ilación.

Luego siguió adelante, por calles y callejones, hasta salir á la posada. La idea de un vago peligro le iba sobrecogiendo. Pensó en aconsejar á los compañeros el marcharse de allí; pero no les vió.

En el pasillo de la posada del *Trigueros* encontró al aldeano del macho hablando con el patrón. Tanta vigilancia aumentó sus sospechas.

Preguntó á la patrona dónde tenía que ir á dormir, y ella le dijo que arriba.

Había en el piso bajo dos cuartos grandes, cada uno con dos camas, y el *Fraile*, el *Cómico*, el *Estudiante* y *Nación* se apoderaron de ellas por medio de una propina que dieron á la criada.

En el piso alto quedaba un gabinete pequeño con una alcoba; el gabinete tenía un canapé y la alcoba dos catres estrechos de tijera.

Se habían sacado los colchones de los catres; los habían tendido en el suelo en el gabinete, y estaban echados en ellos el viejo Valladares y Diamante. El *Arranchale* y Aviraneta disponían de la alcoba y del lienzo de los catres.

El *Arranchale* roncaba al entrar don Eugenio; Aviraneta quedó sentado en el camastro, en la obscuridad. Su natural prudencia de zorro se alarmaba. Un pueblo tan hostil á los liberales, sin guarnición, con aquellas gentes misteriosas que iban y venían, ¿no haría algo contra ellos? Realmente era una torpeza el que todos se entregaran al sueño sin poner un centinela. El no tenía autoridad para despertar á la gente y dar órdenes. Aviraneta encendió con una pajuela un cabo de cera y comenzó á inspeccionar el cuarto. Salió al gabinete. La puerta cerraba mal. Volvió á la alcoba y abrió una ventana. Daba á un patio ó corralillo.

Con la corriente de aire el *Arranchale* se despertó:

—¿Qué hay?—dijo en vascuence.

Aviraneta le explicó sus sospechas y le indicó que le parecía conveniente ver si aquel patio tenía salida á la carretera. El *Arranchale* no se hizo rogar: se descolgó por la ventana y bajó.

El corral tenía una puerta á la carretera. El *Arranchale* cogió del suelo un palo liso, largo, de cinco ó seis metros, de esos que suelen servir de ánima para hacer los almiares, y lo acercó á la ventana.

—Sosténgalo usted—le dijo á Aviraneta.

Aviraneta lo sostuvo, y el *Arranchale* subió por el palo y ató la punta de éste con una cuerda de esparto en los goznes de la ventana. Hecha la maniobra, el *Arranchale* entró en el cuarto con tres garrotes que había cogido en el corral, y los dejó en un rincón; luego se tendió en el catre y se quedó dormido.

Aviraneta no tenía sueño. Seguía intrigado, pensando en los sayones de la noche de Roa, en la supuesta hostilidad del pueblo, en la amabilidad de aquel aldeano, en lo largo que había sido el herraje de los caballos, en los preparativos de la cena y en el mal aspecto del *Trigueros*.

Si se hubiera encontrado solo con el *Arranchale* y con Diamante, en aquel mismo momento se hubiera marchado.

Estuvo por despertarlos; pero temía que le acusasen de asustadizo y de suspicaz.

Aviraneta, preocupado con esto y deseando tener armas, cortó unas tiras del pañuelo y se dedicó á atar con gran perfección el puñal suyo y la navaja y la bayoneta de Valladares al extremo de los palos traídos por el *Arranchale* del patio. Cerca ya de media noche, convencido de que no pasaba nada, apagó la vela y se tendió á dormir en el catre.

XII

LA ENCERRONA

Mientras Aviraneta y los suyos dormían en la posada de Roa se iba amontonando sobre ellos una gruesa nube próxima á estallar.

El hombre bajito que habían encontrado en el camino montado en un mulo era uno de los realistas más exaltados del pueblo. Hábilmente les había hecho perder tiempo, quedarse en la posada del *Trigueros* y dejar los caballos en una cuadra lejana.

Este hombre, conocido por el *Zocato*, porque era zurdo, fué en seguida de dejar en la posada á los viajeros á casa del jefe realista de Roa, un tal Abad. Abad llamó á sus partidarios y tuvieron una reunión. Se trataba de prender á los liberales llegados al pueblo y de quitarles los caballos, que servirían para la futura tropa de voluntarios realistas.

La gente estaba contenta con la presa, pero había muchos á quienes no satisfacía el procedimiento de encarcelar á aquellos hombres y preferían algo más violento y decisivo.

Entre estos estaban el *Zocato,* un lugarteniente de Abad, llamado Gregorio González y apodado el *Buche,* y un cura joven que se distinguía por su fervor absolutista y su odio á los impíos, á quien llamaban el *Capillitas.*

El *Zocato,* el *Buche* y el *Capillitas* hablaron á su gente, se encontraron con los de la Hermandad de las Animas y entraron en algunas tabernas á discutir y á esperar el momento.

A media noche toda la tropa, en número de ochenta ó noventa hombres, se acercaron á la posada del *Trigueros* cantando la *Pitita* y el *Serení.* Los jefes colocaron á los suyos en las esquinas, rodeando la casa.

Aviraneta, que estaba en el comienzo del sueño, creyó oír un rumor de gentes; pensó primero que desvariaba, pero al notar el murmullo más claro y distinto, se incorporó en el catre y escuchó.

Se oía claramente entonado á coro el estribillo de la canción que llamaban la Pitita:

Pitita, bonita,
con el pío, pío, pon.
¡Viva Fernando
y la Religión!

—Nos querrán dar una cencerrada—pensó Aviraneta, y se levantó á tientas, salió al gabinete y, empujando violentamente las maderas, abrió la ventana.

Al mismo tiempo sonaron los estampidos de cuatro ó cinco trabucazos, y una lluvia de metralla pasó alrededor de Aviraneta. No le dió ni una bala. Aviraneta despertó á puntapiés á Diamante y á Valladares. El *Arranchale* había saltado inmediatamente de la cama al oír los estampidos.

Se sintió abajo un rumor de lucha y gritos agudo

El *Arranchale*, Aviraneta, y después Diamante y Valladares, bajaron rápidamente por el palo del almiar desde la ventana al corralillo.

—¡Mueran los masones! ¡Mueran los judíos! ¡Mueran los negros!—gritaban desde fuera.

Aviraneta miró desde una rendija de la puerta del corral. Había un grupo de veinte ó treinta hombres. Los dirigían dos ó tres personas, y entre ellas el *Zocato*.

Aviraneta dijo en voz baja:

—¡Atención! Prepararse. A correr á la derecha. Al que quiera detenernos hay que matarlo.

Diamante tenía su sable; Valladares, el *Arranchale* y Aviraneta, los palos con la bayoneta, la navaja y el puñal en la punta.

Aviraneta abrió la puerta del corral, y los cuatro rompieron por en medio de la gente y echaron á correr. Los sitiadores no comprendieron bien que era aquéllo, pero al poco rato un grupo de diez ó doce salió en persecución de los fugitivos. Era gente joven, sin duda, y más ágil, porque pronto les dió alcance.

Aviraneta gritó:

—¡Media vuelta!

Los cuatro, al mismo tiempo, hicieron frente á los que les perseguían.

Valladares, que era un soldado viejo y manejaba bien la bayoneta, dió un bayonetazo á uno en el muslo, y Aviraneta clavó el puñal en la garganta de otro.

Los perseguidores vieron que sin armas les tocaba la de perder y se retiraron. Era la noche obscura, nadie conocía el camino y no sabían qué hacer.

Meterse por los sembrados era condenarse á no adelantar nada, y seguir por la carretera exponerse á que con facilidad los cogieran. Decidieron seguir por el camino hasta que aclarara, y luego esconderse.

Antes de amanecer vieron á dos hombres que venían corriendo. Uno de ellos era el *Estudiante*, que había escapado no sabía cómo, medio desnudo y lleno de heridas; el otro, el *Lobo*, á quien habían ido á buscar para matarlo á la casa de su amigo.

El *Estudiante* dijo que á *Nación*, al *Fraile* y al *Cómico* los habían acribillado á navajadas hasta dejarlos como una criba. Después, al *Fraile* le habían vaciado los ojos y al *Cómico* le habían mutilado.

Al hacerse de día, los fugitivos se metieron á campo traviesa hasta llegar á un bosquecillo de encinas y carrascas. Era este bosquete el único que había por aquellas tierras, pero ni Aviraneta ni sus compañeros se fijaron en ello.

Se tendieron todos á descansar un momento, y el despertar fué terrible. Tenían delante al *Buche*, al *Capillitas*, al *Zocato* y al *Trigueros*, con otros ocho hombres más que, montados en sus caballos, los habían perseguido hasta encontrarlos y atarlos.

El *Arranchale*, sin saber cómo, desapareció. El *Estudiante*, loco de cansancio y de terror, se echó á los pies del *Capillitas* pidiendo perdón, pero éste no estaba para perdones.

—No, no, os vamos á fusilar á todos.

—¡A todos, á todos!—dijeron los demás.

—Va usted á fusilar á un oficial de Merino—dijo Aviraneta.

—¿Quién es?

—Yo.

—¡Hombre! Pues no me importa nada, monín—dijo el *Capillitas*—. Te contestaré con la divisa de Roa: «Quien bien quiere á Beltrán, bien quiere á su cán». Haber salido con don Jerónimo, amiguito, no sólo antes sino ahora que defiende la religión.

A pesar del momento, que no era para sentir pinchazos de amor propio, Aviraneta experimentó una profunda cólera al oírse llamar amiguito y monín.

—Este es el jefe—dijo el *Trigueros* mostrando á don Eugenio—el amigo del Empecinado.

—Lo tendremos en cuenta—exclamó el *Capillitas*—. Conque señores, como dentro de poco van ustedes á estar en la eternidad voy á confesarles á ustedes. Tú, teniente de Merino.

—Yo no quiero confesarme con un hijo de perra como tú—dijo Aviraneta—. ¡Confesarme tú? Lo más que te permitiría sería limpiarme las botas.

Dos hombres del *Buche* se acercaron á Aviraneta.

—Dejadle, dejadle—dijo el cura—; le calentaremos los pies para que se amanse. ¿Y usted?—preguntó el cura á Diamante.

—Yo te desprecio, miserable. ¿Es que crees que me vas á asustar á mí? A mí con amenazas.

—Otro candidato al fuego—repuso el cura.

El *Lobo* no dijo nada. El *Estudiante* y Valladares asintieron á la confesión, y el primero se aproximó al cura, llorando.

El *Capillitas* se alejó de los demás con el *Estudiante* y dió á su fisonomía un aire de hipócrita unción.

Era el cura un tipo bajito, con unos ojos grandes negros, unos movimientos vivos y una barba muy azul del afeitado. Mientras estaba serio tenía aire de persona, pero cuando se reía se desenmascaraba y parecía una estúpida bestia.

Mientras el *Capillitas* confesaba, el *Buche* contemplaba la escena apoyado en el sable con una gran jactancia. El tal tipo tenía una cara abultada y torpe, los ojos pequeños y la expresión de orgullo.

Al terminar la confesión el *Estudiante*, le sustituyó Valladares. El *Estudiante* quedó paralizado de terror.

En esto, con una rapidez inaudita, se presentaron varios soldados constitucionales que rodearon el bosquecillo donde estaban todos.

El *Buche* y sus hombres montaron á caballo con rapidez y huyeron. El *Zocato*, el *Capillitas* y el *Trigueros* fueron á hacer lo mismo; pero Diamante, el *Lobo* y Aviraneta, á pesar de estar atados por las muñecas, se echaron sobre los estribos de los caballos, é interponiéndose y mordiendo, sufriendo los golpes y patadas de los realistas, no les dejaron montar.

El *Arranchale* había resuelto la situación. Al escapar había encontrado á un campesino que le había dicho que cerca había tropas y las había buscado y las había traído.

Era una media compañía con un capitán. Soltaron á Aviraneta y á sus amigos y ataron al cura, al *Zocato* y al *Trigueros*.

Aviraneta contó al oficial lo ocurrido y éste decidió fusilar á los tres facciosos. Al oir su sentencia el cura se acobardó y empezó á sollozar y á pedir á Aviraneta que intercediera por él. Aviraneta volvió la espalda con desdén y miró á otro lado.

—Quiere usted ahora que yo le confiese padre?— le comenzó á preguntar el *Estudiante* con sorna.

El cura gritaba, se tiraba al suelo llorando, el *Zocato* pedía perdón y el *Trigueros* protestaba. El oficial les dijo que se dejaran atar porque iba á llevarlos prisioneros.

Se dejaron atar casi satisfechos, y cuando estaban atados los hizo ponerse á los tres junto á un árbol y mandó fusilarlos.

Luego, entre el *Estudiante* y unos soldados, cogieron los cadáveres del *Zocato*, del *Trigueros* y del *Capillitas*, y los colgaron por el cuello, con gran simetría, de las ramas de una encina.

—Este amor por lo decorativo nos pierde—exclamó Aviraneta con humor.

—No cabe duda—dijo el *Arranchale* á Aviraneta en vascuence, con mucha seriedad y como quien hace un descubrimiento — que les gustará á ustedes más ver desde aquí á esos hombres colgados, que no que ellos les hubieran visto á ustedes en esa posición incómoda.

Aviraneta dió una palmada cariñosa en el hombro al *Arranchale*, y celebró la frase riendo.

El oficial de la tropa que los había salvado permitió á Diamante, Aviraneta y al *Lobo* que tomaran los caballos del *Trigueros*, del *Zocato* y del *Capillitas* y se fueran con ellos.

El *Arranchale* se volvió á su país y Valladares y el *Estudiante* se incorporaron á la media compañía, mandada por el capitán.

Aviraneta, el *Lobo* y Diamante llegaron á Valladolid, y se encontraron la población sin tropas liberales.

El día 25 de Abril, con la división del ejército de la derecha, había entrado el cura Merino en Palencia con cinco mil hombres y derribado la lápida de la Constitución. El general Morillo, conde de Cartagena, de miedo al copo, se retiró á Galicia, y el Empecinado, viéndose sin posibilidad de defenderse, evacuó también la ciudad y marchó á Salamanca y luego á la plaza de Ciudad Rodrigo.

Diamante, el *Lobo* y Aviraneta tuvieron que seguir el mismo camino hasta unirse con el Empecinado.

XIII

EN CIUDAD RODRIGO

Ciudad Rodrigo es una ciudad colocada en una eminencia, rodeada de murallas, algunas antiguas, otras reconstruídas á trozos. Tiene hermosas casas de sillería con grandes escudos, un magnífico Ayuntamiento y un castillo derruído, el de Don Enrique de Trastamara.

En sus muros se abren tres puertas: la del Conde, la de Santiago y la de la Colada.

La antigua Miróbriga tiene alrededor una gran vega ancha y sonriente que se divisa como un mar verde desde lo alto de la muralla.

No era muy agradable para un ejército numeroso la estancia en Ciudad Rodrigo.

Además de la opresión del pueblo amurallado y estrecho estaba todo muy sucio y abandonado.

Las calles se veían siempre llenas de basura y había un olor pestilente.

Por fortuna Aviraneta, el *Lobo* y Diamante fueron

encargados de hacer excursiones, para forrajear, por los alrededores, y se establecieron con un piquete en una alquería próxima que se llamaba Pedro Tello.

Los aldeanos de los contornos manifestaban por Aviraneta un odio terrible; pero alguno que otro se había hecho amigo suyo y solía contarle las hazañas realizadas en Ciudad Rodrigo por don Julián Sánchez y don Andrés Pérez de Herrasti.

Aviraneta todos los días marchaba al alojamiento del Empecinado, y entre los dos discutían planes y proyectos. Muchas veces, para estar más solos, iban al claustro de la catedral. Aviraneta comenzó á redactar un periódico que hacía copiar á mano y repartía entre los soldados.

Pretendía dar confianza á las tropas, y contaba una serie de triunfos de los constitucionales contra los franceses que no existían más que en su imaginación.

La situación del ejército era muy mala: don Juan Martín tenía sus cuadros de tropas de línea incompletos; las partidas de milicianos y voluntarios patriotas muy entusiastas, muchas veces no servían; no había dinero y era indispensable salir todas las semanas á requisar ganado y forraje para el abastecimiento de la plaza.

El estado del país iba poniéndose desesperado.

El ejército no hacía el esfuerzo necesario para oponerse al avance de los franceses.

No pasarán los Pirineos, se dijo primero. Se quedarán en las provincias del Norte. No pasarán el Ebro. En Despeñaperros los destrozaremos.

Y los franceses pasaron los Pirineos, no se quedaron en las provincias del Norte, cruzaron el Ebro y atravesaron Despeñaperros.

Los liberales tuvieron que ir perdiendo sus ilusiones en Ballesteros, en Morillo, en Montijo y en O'Donnell.

Se había creído que este último se opondría á los franceses en Somosierra y en el Guadarrama, pero los dejó pasar sin disputarles el terreno.

Todos estos generales eran partidarios de dar por fracasada la Constitución del año 12. Montijo escribió una carta á don Enrique O'Donnell, conde de la Bisbal, diciéndole que se decidiese á salvar al país y á cumplir la voluntad del pueblo; que era que no siguiese rigiendo la Constitución, porque ésta no afianzaba la seguridad individual ni conservaha la dignidad de la monarquía española.

O'Donnell contestó en un sentido parecido; los liberales, al leer su carta, se indignaron, y La Bisbal tuvo que escapar de Madrid, resignando el mando de las fuerzas en Castelldosrius, quien también abandonó la Corte dejando el mochuelo al general Zayas, que fué quien tuvo que capitular.

Unicamente los guerrilleros Mina, el Empecinado, Chapalangarra y algunos generales como Torrijos, Riego y López Baños estaban dispuestos á defender la Constitución hasta el fin.

Mina tenía lo mejor del ejército y estaba en Barcelona, en donde había espíritu liberal entusiasta; primero por los hijos del país, luego por encontrarse allí hombres comprometidos en las revoluciones de Nápoles y Piamonte; patriotas polacos, estudiantes, alemanes y franceses obligados á dejar su patria por las persecuciones policíacas de la Santa Alianza. Había también en Barcelona una Legión liberal extranjera, organizada por Pacchiarotti, con un pequeño batallón de infantería y un escuadrón de lanceros. Muchas compañías estaban formadas por oficiales y dos generales italianos empuñaban la lanza como simples soldados.

El Empecinado no tenía estas ventajas; no estaba sostenido por el espíritu de una ciudad liberal: se encontraba en tierras hostiles, sin más consejo que el de Aviraneta, y no podía aceptar siempre sus inspiraciones.

Entre los dos había una obscura incompatibilidad. Aviraneta sentía una mezcla de cariño, de admiración y de desdén por el general. El verle tan tosco y muchas veces tan incomprensivo le ponía en contra suya. Al Empecinado, por su parte, le producía su secretario un sentimiento confuso de desconfianza y de repulsión. Sabía que Aviraneta era hombre de probidad, pero le veía capaz de una infamia por defender su causa.

Don Juan afirmaba que, puesto que la doctrina liberal era la mejor y la más justa, los procedimientos de los liberales debían ser también siempre claros y justos.

Aviraneta creía que el fin justifica los medios. Con este motivo, el general y su secretario solían discutir. Uno de los sitios de sus discusiones era el claustro de la catedral.

Aviraneta quería convencer á don Juan Martín de que debía aceptar todos los recursos.

—El hombre de guerra, por lo mismo que vive entre catástrofes—decía Aviraneta—tiene que ser inmoral. Esta es su superioridad. Aquí conviene ser benévolo, se respetan las personas y las cosas; allí conviene ser severo, se fusila á todo el mundo y se queman las casas y los campos. En una parte, religioso; en otra, impío; aquí, blando; allí, duro. El militar es lo arbitrario. No puede rechazar medio ninguno. Para nosotros, el fin lo purifica todo.

—No, no—decía el Empecinado.

Aviraneta, que seguía inspirándose en los Comentarios de César y en el Príncipe de Maquiavelo, creía que en la política todo está permitido, y que lo que en la vida de un individuo: el engaño, el fraude, la falsificación, es una infamia, puede en la vida pública considerarse como una maniobra del Estado.

Don Juan Martín, por el contrario, no quería aceptar que, para ejercer el mando con habilidad, se necesitara el empleo de medios reprobables é inmorales; no veía que los hombres de gobierno, cuanto más inteligentes y á la vez más fríos, astutos y crueles, son los mejores políticos.

—Mientras la sociedad viva como un organismo en perpetuo desequilibrio—decía Aviraneta—el gobierno será bárbaro y depravado; tendrá el político algo de las atribuciones del cirujano: cortará la carne enferma y la sana, gozará de una verdadera dictadura para el bien y para el mal. ¿Quién le podrá atajar? ¿La opinión pública? Ilusión. Unicamente al final, se dirá: Tuvo éxito ó fracasó. Salvó al país ó lo hundió. Si tuvo éxito se le aplaudirá, si no se abominará de él. ¿Quién irá á comprobar los medios que empleó? Nadie.

—¡Horror!—decía don Juan.

—Verdad, verdad—replicaba Aviraneta—. Verdad de hoy y probablemente verdad de siempre. No hay pueblo que pueda tener un gobierno de hombres justos. Tendría que haber un medio social sano, cuerdo, en perfecto equilibrio. Es decir, que para sostener una utopía habría que inventar otra.

XIV

LA TOMA DE CORIA

Al final de la primavera llegó á Ciudad Rodrigo la noticia de la sublevación de algunos pueblos de Extremadura que habían desarmado la Milicia nacional y proclamado el rey absoluto. •

La primera ciudad importante que se rebeló en la región fué Coria; á ésta, al parecer, debía seguir Plasencia, y después la Vera y la Serranía de Gata.

El levantamiento de aquella comarca podía cortar la comunicación de las tropas del Empecinado con el ejército de Extremadura y dejar en el aislamiento á Ciudad Rodrigo, que á la larga hubiese tenido que rendirse.

El Empecinado y Aviraneta decidieron marchar á Extremadura á sofocar el incendio; y dejando la guarnición casi íntegra en la ciudad salamanquina, se formó una columna de caballería de unos seiscientos hombres, la mitad compuesta de jefes y oficiales que habían servido en los cuerpos de guerrilla durante la Independencia, y la otra mitad, por lanceros.

Iba la columna dividida en tres escuadrones: uno mandado por el coronel Maricuela; el otro, por el coronel Dámaso Martín, el hermano del Empecinado, y el último, por el comandante don Francisco Cañicero.

Salieron de Ciudad Rodrigo á final de Mayo, pasaron por Fuente Guinaldo, que había sido el cuartel general de Wellington en la guerra de la Independencia, y por Moraleja dieron la vista á Coria.

En la mañana del día primero de Junio, Aviraneta se acercó con los exploradores á mirar con su anteojo el Castillo de Coria, y vió que entre las almenas había gente apostada. Se aproximaron un poco más, y entonces los del castillo les hicieron una descarga cerrada.

Dispuso el Empecinado que un parlamentario con bandera blanca se acercase al pueblo á intimar su rendición; pero al ponerse á tiro comenzaron á gritarle desde arriba: "No te acerques. No te acerques". Algunos dispararon, y el parlamentario se retiró.

En vista de la resistencia, el Empecinado decidió sitiar y atacar la ciudad. Se acampó á media legua de distancia de las murallas y la noche del día primero se hicieron varios reconocimientos.

Cien hombres mandados por Dámaso Martín dieron la vuelta al pueblo, y Aviraneta, con una patrulla de cinco hombres, inspeccionó de noche la muralla y fué de una puerta á otra con un vecino liberal de uno de los barrios de extramuros.

El resultado de las investigaciones de don Eugenio fué que la puerta del Carmen era la más débil, que no tenía hierros, sino una tranca, y que por ella había que hacer el intento de entrar.

Aviraneta explicó estos datos àl Empecinado y se dispuso el ataque para el día siguiente.

El Empecinado haría un amago de una manera muy ostentosa, con todas sus tropas, por la puerta de San Francisco; Dámaso Martín alarmaría por el lado del palacio derruído del marqués de Coria, y cuando toda la atención de los realistas se pusiese en aquellos puntos, Aviraneta, con un grupo de hombres, intentaría forzar la puerta del Carmen.

Así se hizo. Antes del amanecer cincuenta soldados, dirigidos por Aviraneta, se establecieron en unas casas próximas á la puerta del Carmen. Eran cinco zapadores, cuarenta fusileros, cuatro tambores y un pito.

Debían esperar allí hasta el anochecer.

En la casa donde entró Aviraneta vivía un hombre muy viejo, un tipo de senador romano. Este viejo, alto, tenía una cara de medalla antigua, las cejas salientes, la nariz corva, la boca severa y estaba ciego. Vestía una chupa de ante amarillo, con bordados abrochada hasta arriba, casaca negra con faldones y cuello blanco. En la cabeza llevaba apretado un pañuelo y encima un sombrero chambergo. Sobre las calzas gastaba zajones con listas doradas, y zapatos con hebillas y polainas. A pesar de que no hacía frío se cubría con una gran capa bordada.

Aviraneta estuvo hablando con el viejo, y oyéndole contar historias y anécdotas que se remontaban á la primera mitad del siglo XVIII.

Aquel viejo tenía muy buena memoria, y con su semblante severo, su hablar tranquilo, sentado en un sillón antiguo, parecía la voz del pasado.

A media tarde Aviraneta salió de la casa del viejo y se alejó de ella en línea recta, bajando un barranco en dirección contraria á la ciudad; luego tomó por la izquierda, acercándose al campamento del Empecinado, á enterarse de las circunstancias de la lucha.

El Empecinado había comenzado un ataque aparatoso. Mandó incendiar varias casas del barrio de San Francisco y se tiroteó á gran distancia con los realistas. Estos le insultaban furiosamente. El incendio duró largo tiempo, pero no llegó á la puerta de San Francisco, cosa que sabía muy bien don Juan. Al anochecer, el general fraccionó sus fuerzas é hizo que parte se dirigiese á atacar la puerta de la Guía, mientras Dámaso Martín intentaba escalar el cerro por las proximidades del palacio del marqués de Coria. Aviraneta corrió á la casa del viejo á dar sus disposiciones. Era el momento en que tenía que obrar, un centinela desde el tejado anunció que los realistas se corrían hacia el sitio de la muralla, donde comenzaba el nuevo ataque, y que por el lado de acá no había nadie.

Aviraneta se preparó.

Cuatro zapadores avanzarían con él inmediatamente á la puerta del Carmen y comenzarían á serrarla; veinte fusileros pasarían en seguida que ésta se abriera, y otros veinte quedarían emboscados en la casa para hacer fuego desde los balcones sobre los realistas que aparecieran en la muralla.

Todo se hizo con rapidez. Aviraneta y los zapadores llegaron á la puerta y en un momento la abrieron. Al ruido aparecieron dos realistas en la muralla, que fueron tiroteados, y se retiraron en seguida.

Abierta la puerta, los cincuenta hombres, precedidos por Aviraneta, pasaron, derribaron una barricada y entraron por una calle del pueblo.

—¡Adelante!—dijo Aviraneta.

Avanzaron todos, en silencio, por la callejuela.

—Tocad el himno de Riego — añadió don Eugenio.

Coria estaba desierta. La pequeña tropa marchaba en medio de la oscuridad al compás de su himno saltarín y bullanguero. Aviraneta caminaba delante, con el sable desenvainado, y los soldados arma al brazo... No sabía dónde estaba la puerta de San Francisco, y comenzaba á temer que los realistas hubiesen cerrado la del Carmen y le hubiesen dejado dentro.

Aviraneta dividió su fuerza, é hizo que cuarenta

hombres se dirigiesen al pie del castillo á abrir la puerta, mientras él, con los diez restantes y los tambores y el pito, se dirigía por las calles haciendo que tocaran el himno constantemente.

Poco después se oyeron otros tambores. El Empecinado entraba en Coria.

Los sublevados, desmoralizados, no intentaron defenderse y escaparon, abandonando las armas.

XV

UNA CIUDAD LEVÍTICA

Coria es una ciudad pequeña de Extremadura, asentada sobre una colina á orillas del río Alagón. Es ciudad antigua, de silueta castiza: tiene el aspecto místico, estático, religioso y guerrero de casi todos los pueblos españoles de tradición.

Coria, más que un pueblo con una catedral, es una catedral con un pueblo.

Es una ciudad levítica por excelencia. Para unos quinientos vecinos, que representan unos dos mil á tres mil habitantes, Coria cuenta con la catedral, el seminario, la parroquia de Santiago, el convento de monjas de Santa Isabel, el de San Benito y varias ermitas y capillas.

Por entonces la catedral tenía once dignidades: deán, tesorero, arcediano de Coria, arcediano de Valencia de Alcántara, prior, arcipreste de Coria, arcipreste de Calzadilla, chantre, arcediano de Cáceres, arcediano de Galisteo, maestrescuela y arcediano de Alcántara.

Había, además, quince canónigos, seis racioneros, seis medioracioneros, un beneficio curado y número competente de capellanes.

Funcionaba también en Coria el tribunal eclesiástico, formado por el provisor, el vicario general, un fiscal, dos notarios y tres procuradores. Estos, unidos á los profesores del seminario, á los párrocos, curas, frailes, monjas, sacristanes, legos y monaguillos, hacía que el obispo tuviera bajo sus órdenes un pequeño ejército.

Coria era pueblo amurallado con gruesas murallas, algunas de las cuales databan de la dominación romana.

Entonces Coria tenía unos pequeños arrabales extramuros que después han ido creciendo. Se asentaba la ciudad sobre una meseta que se prolongaba en llano hacia el Norte; en cambio, hacia el Sur el cauce del Alagón dejaba un barranco, en cuyo fondo corría el río.

Este pasaba lamiendo la base de la colina cauriense, y tenía un magnífico puente. Con el tiempo el Alagón se desvió de su álveo, que fué cegándose con la tierra de las crecidas, y se separó del pueblo, dejando el puente en seco, con lo cual el antiguo cauce se llenó de huertas, formando la Isla ó el Arenal del Río.

Esta irregularidad de encontrarse en seco el puente daba lugar á bromas que las gentes de Coria, que no se sentían completamente coriáceas, aguantaban con poca calma. Por la época aquella, á falta de puente, había una barca en el sitio llamado las Lagunillas, y dos vados: el de la Barca y el de la Martina. Mirando á Coria por el camino de Plasencia, la ciudad se presentaba en un alto, en el fondo de la gran vega, cruzada por el río. Sobre el vértice del cerro aparecía la catedral en medio; á la izquierda, el palacio del marqués de Coria, y á la derecha, un edificio cuadrado, grande, con muchas ventanas: el seminario.

Desde el camino de Ciudad Rodrigo, Coria se presentaba plana, con el castillo de piedra, en medio de la muralla dominando los tejados, y la torre de la catedral.

Había cuatro puertas en la ciudad: la de San Francisco, la de la Estrella, la del Carmen ó del Sol y la de la Guía ó de la Corredera. Había además la puerta del Postiguillo, estrecha abertura entre el seminario y la catedral.

Al entrar Aviraneta y el Empecinado en Coria, se encontraron el pueblo que parecía desalquilado. La gente estaba escondida, las calles tristes, sucias, completamente desiertas. En la plaza, las pocas tiendas se veían cerradas, y únicamente se hallaba abierta la botica. La lápida de la Constitución había sido arrancada del Ayuntamiento.

Fué un problema alojar los seiscientos hombres del Empecinado en Coria.

Los jefes fueron á vivir á las casas de las familias

liberales del pueblo, que eran cuatro ó cinco: la de Zugasti, la de Simones, la de Medrano, la de Roda y la de uno que se hacía llamar el Segundo Empecinado.

El Empecinado y Aviraneta fueron á parar á casa de don Marcelo Zugasti.

Al día siguiente, domingo, se reunieron los constitucionales del pueblo á hablar con el general. Estuvieron en la reunión don Juan Muñoz de Roda, síndico y miliciano nacional; don Pedro José de Medrano, médico; el farmacéutico y dos contribuyentes ricos: Sebastián Simones, y el que se hacía llamar el Segundo Empecinado.

Zugasti explicó la situación. Este Zugasti era un propietario liberal que se había hecho con bienes monacales, y mandaba la Milicia de Coria.

Era un tipo de hombre flemático y sereno; tenía una cara correcta, los ojos azules, la tez muy curtida por el sol y la expresión fría.

Zugasti explicó cómo había empezado á armarse la Milicia Nacional en el pueblo: al principio bien, con cierto entusiasmo. Los curas párrocos del partido no habían tenido inconveniente en prestarse á explicar los días festivos la Constitución; pero cuando comenzaban sus explicaciones, la gente se marchaba. El año anterior se había uniformado la Milicia Nacional, quedando formada por catorce hombres de caballería y veintidós de infantería. Ya en este año, el 22, el espíritu del pueblo se había hecho francamente hostil á la Constitución, y cuando algún párroco hablaba de ella en la iglesia, la gente vociferaba.

Al final de 1822, el arcediano de Valencia de Alcántara había comenzado á conspirar; don Feliciano Cuesta se pronunciaba á favor del rey absoluto, y á principio del 23 se presentaba la facción de Morales en los pueblos comarcanos. La Milicia de Coria, al mando de Zugasti, salió á pelear contra ella. La partida de Morales constaba de veintitrés hombres mal armados, é intentó sublevar Plasencia y Coria. Zugasti, con sus milicianos, les mató un hombre y dispersó á los demás hacia la Sierra de Gata.

Desde esta época el alcalde había tenido mucho cuidado con los facciosos, mandando cerrar las tabernas á las ocho, obligando á los dueños de las posadas á que presentasen los pasaportes de los forasteros, y prohibiendo que nadie saliese á la calle después de la diez de la noche sin motivo justificado.

A pesar de esto, los absolutistas conspiraban sin rebozo, y una mañana de Mayo se habían encontrado con el pueblo sublevado, la lápida de la Constitución derribada y los milicianos desarmados.

El peligro, por el momento, parecía remediable. La entrada del Empecinado en Coria había coincidido con la captura del cabecilla Morales.

Este Morales era un guerrillero extremeño, de la guerra de la Independencia.

En 1820 formó una partida que se llamaba Columna real volante de Húsares de Plasencia, y los años 21, 22 y 23 merodeó por la parte Norte y Sur de la Sierra de Gredos y Gata.

Unos días antes, el 30 de Mayo, en el valle de la Corneja, cerca de Piedrahita, Morales había sido batido, hecho prisionero y llevado á Salamanca.

Con la toma de Coria y la captura de Francisco Ramón Morales, Zugasti suponía que el espíritu público reaccionaría.

El Empecinado escuchó la relación y murmuró:

—Bueno, señores, está bien. Lo pasado, pasado. Ya veremos qué se hace. Vamos á misa, que hoy es fiesta y debe ser hora.

Don Juan Martín, con su Estado mayor, se dirigió á la catedral. En el camino habló largamente con Aviraneta.

El problema para el Empecinado no estaba en quedarse en Coria, en donde apenas había medios para alimentar á sus hombres; lo que él pretendía era que el país sublevado no cortara las comunicaciones con el ejército de Extremadura.

Don Juan Martín y Aviraneta decidieron estudiar el terreno y ver si con una guarnición de doscientos hombres podría bastar para defender Coria durante algún tiempo.

Hablando llegaron á la plaza del Obispo y á la entrada de la catedral. Un corro de campesinos, entre los que abundaban las mujeres y los chiquillos, contemplaban admirados á aquellos militares de vistosos uniformes.

Esperaron en el atrio el Empecinado y su Estado mayor, hasta que oyeron la campana, y entraron en la catedral seguidos de un grupo de gente.

En un pueblo tan pequeño, la catedral sorprendía por su grandeza y su magnificencia. Los canónigos con sus mucetas, estaban en el coro. El altar mayor brillaba lleno de resplandores. Oyeron los militares la misa y, al acabarse ésta, siguiendo la dirección de algunas personas, en vez de salir á la plaza; aparecieron en un gran balcón de la catedral que dominaba toda la vega. Esta terraza se llamaba en el pueblo el Paredón.

Era aquel un buen punto para darse cuenta de la topografía de los alrededores. Aldeanos, viejas, sacristanes y monaguillos, se presentaron á observar con espanto y con curiosidad á aquellos soldados de Lucifer.

Aviraneta se sentó en el pretil del Paredón á contemplar el paisaje.

Delante, como en una hondonada, se veía la vega ancha y el río que la cruzaba, festoneado por dos franjas de arena.

El día estaba nublado, el cielo gris; el Alagón brillaba con un color de gelatina y parecía inmóvil, como un cristal turbio. A lo lejos se destacaban montes esfumados en la niebla.

—Bueno, vamos á almorzar—dijo don Juan Martín, y, por la tarde, veremos qué se hace.

XVI

LA TARDE DEL DOMINGO

Don Juan Martín era hombre bueno, de gran corazón, pero un poco absorbente, y le molestaba la tendencia centrífuga de Aviraneta.

Después de almorzar, el Estado mayor se disponía á jugar una partida de cartas, cuando Aviraneta se levantó.

—¿Qué vas á hacer?—le preguntó el Empecinado.

—Voy á dar una vuelta por el pueblo.

—Luego la daremos.

—Bueno; pues entonces voy á echar la siesta.

Nada, que no quieres jugar.

—No, no; me aburre.

¡Qué gente ésta!—exclamó don Juan—. Todo le aburre. Este es un puro vinagre. Bueno, bueno; márchate y no vuelvas.

Aviraneta se fué á tenderse á la cama. Aquellas diversiones de cuerpo de guardia, un cuartucho lleno de humo, con la gente jugando á las cartas, fumando y bebiendo, le producía una impresión de aburrimiento espantoso.

Estuvo Aviraneta en la cama leyendo un tomo de Salustio, y á media tarde se acercó al comedor, en donde estaban el Empecinado y sus oficiales.

—¿Vamos?—preguntó.

—Espera un momento. Ahora voy.

Salieron don Juan, Aviraneta, Diamante y Zugasti, á caballo, á recorrer el pueblo. Hacía buen tiempo, había salido el sol.

Llegaron á una plaza, con una picota en medio, la plaza del Rollo, y fueron luego hacia la puerta de la Guía. Bajaron hacia el Alagón, al paseo de la Barca, y contemplaron desde allí el cerro de Coria, con su catedral en lo alto; el seminario grande, con muchas ventanas, y el palacio derruído del Marqués.

Se alejaron algo por el paseo de grandes árboles, á orillas del río, para inspeccionar los alrededores, y, al volver, subieron por una estrecha vereda.

Durante la marcha exploradora se había comenzado á debatir el problema entre el Empecinado y sus oficiales de lo que se iba á hacer. La cuestión no era, naturalmente, defender Coria, porque eso solo significaba poco: la cuestión era tener asegurado el paso para el ejército.

Zugasti y Aviraneta eran partidarios de dejar trescientos hombres de guarnición allí; pero don Juan Martín aseguraba que trescientos hombres contra un ejército no harían nada encontrándose con un vecindario en su mayor parte enemigo.

Siguieron por delante de la catedral, entraron por la puerta del Sol y dejaron los caballos en casa de Zugasti.

—Vamos á ver la muralla ahora por arriba—dijo Aviraneta.

Marcharon á la plaza del Rollo entraron en el castillo y subieron por una escalera de caracol. El castillo era una gran torre pentagonal, de piedra amarillenta muy bien labrada; tenía cinco pisos, varias pequeñas azoteas y encima una gran terraza, con un tambor almenado. Se subía á esta terraza por una escalera muy estrecha que corría por el grueso de la pared.

Desde el castillo á un lado y á otro corría la muralla.

Esta muralla describía una línea de doscientas treinta y tres toesas y era casi circular, de unos treinta y cinco pies de alta, con un paseo de unos diez pies de ancho que corría todo á lo largo.

De trecho en trecho se elevaban torreones y cubos, á los que había que subir por escalones.

Dieron la vuelta á la muralla, marchando paralelamente al camino por donde habían ido extramuros, y volvieron al castillo.

—¿De aquí no se verá Plasencia?—dijo Aviraneta.

—No. Ca.

—¿Ni habría medio de comunicarse con ella?

—Sí, por medio del castillo de Mirabel, que se ve allí en unos montes, quizás se pudiera. Zugasti señaló un pico lejano y Aviraneta miró con su anteojo en la dirección indicada.

—¿Y Plasencia no nos secundaría? — preguntó Aviraneta.

—No; creo que no.

Don Eugenio se sentó en una de las almenas á mirar con su anteojo los alrededores.

—Bueno—dijo don Juan Martín—. Eugenio quiere dedicarse á la geografía. Muy bien, yo me marcho.

El Empecinado y Zugasti se fueron, y el *Lobo*, Diamante y Aviraneta quedaron allí.

Luego dejaron el castillo bajaron á la muralla, y fueron contemplando el paisaje y hablando.

Cruzaron la huerta de un convento y salieron al Paredón de la catedral. Desde aquí se veía el campo, completamente distinto á como estaba por la mañana. El cielo tenía un azul intenso, la campiña se extendía verde y el río resplandecía como un metal fundido sobre una gran cinta de arena dorada.

El viento levantaba oleadas en los trigales y movía el follaje de los árboles.

Unas mujeres lavaban en el río, y las ropas blancas y los refajos rojos brillaban tendidos en las cuerdas. Por el paseo de la Barca volvían algunos aldeanos, hombres y mujeres en sus borriquillos.

Aviraneta se sentó en el pretil de piedra del Paredón.

A Don Eugenio le gustaba contemplar el paisaje: le producía, momentáneamente un olvido de todo; le recordaba los días de su infancia cuando iba á la Peña de Aya y al monte Larun á ver el mar á lo lejos. Ese germen ahogado que tenemos todos de otro hombre ó de otros hombres despertaba en él con la contemplación. Aviraneta quedó inmóvil y en silencio.

Era una tarde espléndida, gloriosa: los campos verdes relucían frescos después de la lluvia; el río venía crecido y alguna nubecilla blanca se miraba en su superficie como en un espejo azulado. Dentro de la iglesia, los canónigos cantaban en el coro y se oían las notas del órgano.

En el aire pasaban las cigüeñas con ramas en el pico y quedaban en extrañas actitudes sobre sus nidos; los gorriones y los vencejos chillaban, y una nube de cernícalos, que al transparentarse tenían un color morado, lanzaban un grito agudo.

Había al mismo tiempo ligeros incidentes que animaban el conjunto: un burro que corría por los hierbales y hacía sonar un cencerro; unas ovejas esquiladas que saltaban sobre unas piedras; un hombre que pasaba á caballo por el puente. A lo lejos, una galera de siete mulas venía despacio por el camino.

Este silencio, lleno de ruidos, de ladridos de perros, de cacareo de gallos, de balidos de ovejas, del canto suave del abejaruco, tenía un gran encanto. De pronto, las campanadas del reloj de la iglesia sonaban allí cerca con un fragor imponente.

Aviraneta se sentía saturado de tranquilidad, de paz, ante aquella majestuosa tarde que marchaba con su ritmo lento hacia el crepúsculo....

—Realmente la guerra es una cosa absurda—pensó; luego, dirigiéndose á Diamante, dijo—: ¡Qué paz! Está hermoso esto. ¿Verdad?

—Yo, como el general—contestó Diamante—, no defendería este pueblo.

—¿Pues qué haría usted?

—Arrasaría toda esta campiña sin dejar nada y me volvería á Ciudad Rodrigo—y Diamante pasaba su mano como con cariño por encima del panorama.

—Pero hombre, no—exclamó Aviraneta saltando del pretil—. Me parece un poco bárbaro. Este es nuestro país.

—Ríase usted de esas tonterías—replicó Diamante, con un gesto entre desdeñoso y de superioridad—; todo lo que no sea hacer la guerra de exterminio será tiempo perdido.

Aviraneta, el *Lobo* y Diamante salieron de la catedral y volvieron á casa de Zugasti.

XVII

EXPEDICIÓN Á PLASENCIA

Por la noche, en el correo que vino de Ciudad Rodrigo, Aviraneta recibió una carta de Aranda. Era del relojero suizo Schulze.

"De aquí no le puedo dar á usted más que malas noticias—decía—. Ha habido tiros y enredos en el pueblo y han asaltado la casa de usted, llevándose todo. Los libros y papeles se han metido en un carro por orden del capitán general O'Donnell, que no es el O'Donnell de ustedes y los han llevado á Valladolid."

A Aviraneta no le hizo mucha mella la noticia. Ya todo lo ocurrido en Aranda le parecía de una vida anterior, lejana y borrosa.

Habló un momento con el Lobo y Diamante acerca de lo que podía haber ocurrido en Aranda, y, olvidando pronto esto, se puso á planear lo que había que hacer en Coria. Después de varios proyectos, pensó que lo conveniente sería acercarse á Plasencia á conocer el estado de esta ciudad. Plasencia, como pueblo de más importancia que Coria, había llegado á tener una Milicia Nacional bastante numerosa y bien organizada. Si Plasencia estaba definitivamente por el absolutismo, indudablemente era inútil permanecer en Coria; en cambio, si los placentinos tenían intenciones de defenderse contra los realistas, podía enviárseles una pequeña guarnición y dejar otra en Coria.

Aviraneta habló á don Juan Martín, y éste aprobó la idea.

Aviraneta fué encargado de marchar á Plasencia. Llevaría una escolta de veinte lanceros al mando del *Lobo*. Salió por la mañana con sus hombres, cruzaron la puerta del Sol, vadearon el río, y al trote largo se dirigieron hacia Galisteo. Almorzaron aquí, y á media tarde estaban en Plasencia.

Zugasti había recomendado á Aviraneta que sin pérdida de tiempo se presentase en el palacio del marqués de Mirabel, con su escolta.

Así lo hizo don Eugenio.

El palacio del marqués de Mirabel era hermoso, grande, de piedra amarilla negruzca. Daba su fachada á una plaza que tenía en medio una fuente.

Aviraneta bajó del caballo, dió la brida á un soldado y entró por un arco del palacio, arco que continuaba en un corredor abovedado.

A la izquierda había una puerta y llamó; abrieron y Aviraneta pasó á un patio con una gran escalera de piedra. Preguntó al criado por el señor, y al comenzar á subir se encontró con el marqués, que bajaba de prisa alarmado por el ruido de los caballos.

Era el marqués un hombrecito afeitado, moreno, de cara antigua y pelo negro y ensortijado. Iba muy currutaco; llevaba calzón corto de tafetán, medias blancas, un chaleco verde de seda y una chaquetilla negra. Hablaba en voz baja, con una vocecita aguda.

Explicó Aviraneta en pocas palabras quién era y á lo que iba, y el señor de Mirabel, cruzando unas cuantas habitaciones, le llevó á una azotea, llena de flores, que caía hacia la plaza de la fuente.

¿Quiere usted alguna cosa?—le dijo el marqués.

Primeramente quisiera alojar á mis soldados.

—En seguida. Y usted no quiere nada. ¿Algún refresco? ¿Café?

—Sí, tomaré café.

El marqués salió y Aviraneta estuvo contemplando la terraza, adornada con lápidas romanas y estatuas antiguas.

Volvió el marqués y dijo:

—Ahora traen el café. Bueno, veamos que es lo que necesita usted de mí.

—Como sabrá usted —dijo don Eugenio—las fuerzas del Empecinado, saliendo de Ciudad Rodrigo, han entrado en Coria, que hizo alguna resistencia. No conocemos el espíritu del país y vacilamos en tomar una resolución.

—¿Y usted quiere saber el estado del liberalismo de este pueblo?—preguntó el marqués con su vocecita aguda.

—Sí.

—Pues muy malo. Al comenzar el Gobierno constitucional, aquí la gente, como en casi todos los pueblos, quedó indecisa; entónces, veinte ó treinta plasencianos de la gente más rica nos decidimos á ponernos el uniforme de nacionales; los demás comenzaron á seguirnos, y llegamos á tener el año pasado más de cien infantes y cuarenta soldados de caballería. Fundamos una sociedad patriótica que la inauguró don Laureano Santibáñez, y tuvimos un momento dominado al pueblo. Vino la sublevación de Cuesta y la de Francisco Morales, y empezó el tinglado á descomponerse. La gente supo que los franceses iban á entrar en España, que los absolutistas avanzaban y los milicianos comenzaron á abandonar nuestras filas: unos quedándose en casa, y otros pasándose al otro bando.

—¿De manera que esto está perdido para nosotros?—preguntó Aviraneta.

—Completamentamente perdido. Figúrese usted que se están buscando firmas para pedir á la Regencia del Reino, en nombre de la ciudad, que se restablezca la Inquisición, y firma casi todo el pueblo.

—¿Usted cree que doscientos hombres aquí de guarnición podrían hacer algo?

—Nada.

—¿Qué harán los liberales significados de Plasencia cuando se presenten los absolutistas?

—Tendrán que huir.

—Les voy á proponer si quieren venir conmigo á reunirse con el Empecinado.

—Bueno. Si usted quiere, cuando tomé usted café, le acompañarán á casa del teniente.

—Muy bien.

Tomó Aviraneta su café y se levantó.

—Aquí cenará usted y dormirá—le dijo el marqués.

—Muchísimas gracias. Hasta luego.

—Adiós. Voy á ver si arreglo el alojamiento para su tropa.

Aviraneta salió del palacio del marqués acompañado por un criado de aire de lego, quien le llevó hasta la plaza. Entró en la botica y salió al poco rato con un hombre de unos sesenta años, que al ver á Aviraneta hizo un signo masónico. Le contestó Avinareta y se dieron la mano. Era el masón un teniente de la Milicia Nacional, don Juan Bustillo. Bustillo era un hombre fuerte, rechoncho, bajito, de cabeza redonda, la tez quebrada, las patillas cortas y la voz gruesa y fuerte. Era hombre cándido, en tusiasta del *Sistema* y que creía que era indispensable sacrificarse por las ideas.

—Vamos al Enlosado de la catedral—dijo Bustillo—. Allí podremos hablar sin que nos espíen.

El Enlosado de la catedral era una terraza parecida al Paredón de Coria, aunque más grande y espaciosa. Daba á esta terraza una portada del Renacimiento, adornada con grandes escudos, una torre románica como un tambor de muralla, á la que llamaban el Melón, y otra torrecilla cónica.

Aviraneta y Bustillo se pusieron á pasear por las grandes piedras del Enlosado, ribeteadas de verde y de matas con flores amarillas.

Abajo, en la campiña, el río Jerte fulguraba reflejando los últimos rayos del sol, y brillaba en las masas verdes de los árboles de la ribera.

Bustillo, al principio, había considerado como una solución magnífica el que el Empecinado mandara fuerzas á Plasencia; pero después reconoció que la cosa no tenía objeto: en el pueblo no había víveres, la muralla no servía, no había cañones ni una posible retirada.

—Tendrán ustedes que venir con nosotros—dijo Aviraneta.

—Yo sí, sí; iré. ¡Ya lo creo!

—Hombre, usted precisamente, no. La gente joven. Usted tiene familia aquí.

—Antes es la libertad y la patria que la familia—dijo el señor Bustillo solemnemente.

—Sí; pero usted es un hombre que tiene derecho al descanso.

—Para disparar un fusil sirvo. No me diga usted que no.

El señor Bustillo llevó á su casa á Aviraneta y le presentó á su mujer y á sus hijas.

—Este señor es el ayudante del Empecinado dijo con entusiasmo.

La mujer y las hijas miraron á Aviraneta con una mezcla de terror y de pasmo, y no se atrevieron á desplegar los labios. Bustillo quería tener en su casa á Aviraneta; pero éste le dijo que le había invitado á quedarse en su palacio el marqués de Mirabel.

—¡Ah! ¡El marqués! ¿Qué le ha parecido á usted?

—Bien.

—Pues es un tipo muy raro.

Y Bustillo contó sus varias manías de coleccionista que no tenían nada de particular. Lo que sí constituía una extraña inclinación en el marqués era la de ser peluquero de señoras. El marqués peinaba á todas las damas del pueblo cuando iban á alguna fiesta. Esta era una de sus ocupaciones favoritas.

Recordando su tipo no parecía nada raro que le gustara ser peluquero.

Se despidió Aviraneta de Bustillo y fué á cenar con el marqués de Mirabel. Realmente, éste era un bicho raro; se había educado en Inglaterra y ofrecía una mezcla de ideas contradictorias bastante absurda. Aviraneta no le podía mirar sin figurárselo con un peine y unas tenacillas alisando el cabello con esa mano fría y suave de los barberos.

Después de cenar, Aviraneta marchó á una sala muy grande, con una cama muy pequeña, y pensando en las extravagancias del marqués-peluquero, se quedó dormido.

Al otro día, Aviraneta, con sus lanceros, hizo un recorrido por la Vera de Plasencia, y se encontró sorprendido al oír decir á la gente que se esperaba al Cura Merino. Aviraneta no tenía por allí ni amigos ni confidentes, y decidió volver á Plasencia. ¿Por dónde vendría el Cura? Hubiera sido terrible para el caer en sus garras.

Al día siguiente, con la escolta del *Lobo* y unos cuantos milicianos, entre ellos el señor Bustillo, se dirigió á Coria.

XVIII

¡MERINO!

La presencia de Merino en Extremadura desazonó á don Juan Martín. Sabía que mandaba mucha gente, que llevaba las espaldas guardadas por el ejército francés y que tenía el terreno amigo; sabía también que pondría todos los medios para derrotarle.

Se hicieron gestiones para averiguar el paradero de Merino, sin fruto; el Empecinado en esta época, como Mina en la Guerra civil, se encontraban con que sus procedimientos del período de la guerra de la Independencia flaqueaban. Durante la lucha contra los franceses, todos los informes eran espontáneos: bastaba indicar algo para que inmediatamente se hiciera; en el año 23 y en la Guerra carlista, ocurría lo contrario: las indicaciones de la gente del campo eran casi siempre equívocas cuando no falsas.

Don Juan Martín averiguó que Merino, flanqueando á los generales franceses Vallın y Bourmont, venía persiguiendo á Zayas por la línea del Tajo. Los absolutistas se habían corrido por Talavera de la

Reina, Almaraz, Trujillo y Cáceres, dejando amargo recuerdo por donde pasaban.

A Merino le salió al encuentro López Baños, pero ninguno de los dos se decidió á entablar la batalla. Desde entonces no se sabía el sitio exacto donde se encontraba el Cura.

Se decía que llevaba una tropa numerosa, una división completa, pues se habían reunido con él una porción de partidas.

Se citaban entre los cabecillas incorporados á Merino, á Blanco, Puente Duro (el *Rojo*), Caraza y Lucio Nieto, que se titulaban brigadieres; á Corral, el *Gorro*, los Leonardos, el *Inglés*, Navaza, Mauricio y Huerta, que mandaban regimientos y tenían el grado de coroneles, y á otros muchos.

El Empecinado, en vista de estas noticias, en junta de oficiales decidió abandonar Coria y volver á Ciudad Rodrigo.

El 12 de Junio, por la mañana, se desalojó Coria, se cruzó el arrabal de las Angustias, y por la tarde se entró en el pueblo llamado Moraleja de Hoyos ó Moraleja del Peral.

Se dejó la tropa alojada en el Ayuntamiento, cárcel, hospital de transeuntes y en la Casa de la Encomienda. Los coroneles Dámaso Martín y Juan Maricuela quedaron encargados de buscar víveres, y el Empecinado encargó, con gran insistencia, que se pusieran centinelas en todos los caminos y puntos altos y se organizara una guardia volante.

A un castillejo arruinado de un cerro próximo se envió un piquete de caballería.

Dispuesto todo para evitar una sorpresa, el general con su escolta, Aviraneta y dos ó tres oficiales atravesaron el arroyo llamado Ribera del Gata, por un vado, y fueron á alojarse á una dehesa grande del camino de Perales, con una casa ancha y baja en el centro. Esta finca se conocía con el nombre de la Dehesa de la Reina; estaba rodeada de una extensísima tapia de adobes, cubierta de bardas de ramaje, y se hallaba próxima al río Árrago.

Se pasó la noche con tranquilidad, y al comenzar el día se presentó una mañana de verano ardorosa y sofocante. El sol centelleaba en las mieses y en los barbechos; el cielo brillaba con un azul negruzco, y los pocos árboles que se veían en el campo parecían arder con el calor.

El Empecinado había pensado no emprender la marcha hasta la caída de la tarde.

Serían las diez, próximamente, cuando por el lado del pueblo comenzó un ligero tiroteo, que se convirtió en furiosas descargas.

—¿Qué puede ser esto?—preguntó don Juan Martín, alarmado.

No se sabía.

—Preparad los caballos.

Se comenzó á aparejar los caballos. El fuego se hacía cada vez más intenso. Se iba á abrir la puerta de la casa, cuando aparecieron delante de ella veinte lanceros constitucionales que venían huyendo al galope, perseguidos por un escuadrón de feotas.

Pasaron adentro, se cerró la puerta del corral y se recibió á los perseguidores con una descarga, hecha desde las tapias.

Los feotas contestaron al fuego, y se retiraron.

—Pero qué pasa?—gritó el Empecinado.

Los soldados fugitivos, llenos de zozobra, contaron á don Juan Martín que la tropa que pernoctaba en Moraleja había sido sorprendida por el Cura Merino.

—Pero, ¿cuándo? ¿ahora mismo?—preguntó don Juan.

—Ahora mismo.

—¿Y los centinelas?

—Han dicho algunos que, al ver de lejos al enemigo, han creído que era un rebaño.

Merino, con una fuerza de tres mil á cuatro mil infantes y con ochocientos caballos, marchando de noche y con el mayor sigilio, y dirigido por buenos guías, se había presentado á una legua de Moraleja en las primeras horas de la mañana.

Pronto supo por sus confidentes que el Empecinado no se había movido de allá, y se le ocurrió acercarse á Moraleja, echando por delante de su tropa dos inmensos rebaños. Así lo hizo, y avanzó detrás de las ovejas, que levantaban grandes nubes de polvo. La estratagema le dió un gran resultado; sin ser advertido rodeó el pueblo y comenzó una metódica carnicería de los constitucionales.

Don Juan Martín comprendió que el mal no tenía remedio, y furioso por haber sido derrotado de una manera tan necia, mandó que se concluyese de aparejar los caballos y se dispusiera todo el mundo á hacer una salida. Entre los que estaban y los que habían venido se formó un pelotón de sesenta hombres en el patio, delante de la casa.

Don Juan y unos cuantos más, gente forzuda y fuerte, enarbolaron la lanza. Se abrió la puerta de la tapia y el piquete salió al galope hacia el pueblo. Los realistas en el mayor desorden, se ocupaban en matar á los constitucionales en las calles, sacándolos de las posadas y alojamientos.

La entrada del Empecinado por el pueblo fué trágica. A lanzadas, á sablazos, atropellando con los caballos, se abrieron paso.

—¡Viva la libertad!—gritaba Aviraneta, entusiasmado, levantando su sable en alto.

—¡Viva!—vociferaban todos.

Como un aluvión se pasó Moraleja y se siguió carretera adelante hacia Hoyos. Los realistas, repuestos de la sorpresa, reunieron doscientos jinetes, que se lanzaron en persecución de los liberales.

Afortunadamente para éstos la mayoría de los caballos de los feotas estaban cansados de la jornada del día anterior, y no podían darles alcance.

Llegaron un poco después del mediodía á Perales, y una rápida inspección del pueblo hizo comprender al Empecinado que allí no había posibilidad de defensa, y se siguió adelante hasta dar la vista á Hoyos, pueblo en la falda de la Sierra de Gata.

Desde allí se veía el castillo de Almenara sobre un monte agudo; la Sierra de Béjar á la derecha, con algunas estrías de nieve y la hondonada grande de Hoyos.

Se acercaron á este pueblo; pasaron á todo correr por el Teso de las Animas, con sus cruces de piedra del Calvario; luego, por delante del humilladero y de un convento ruinoso, y por una calle en cuesta subieron á la plaza de la iglesia.

Serían las dos ó dos y media de la tarde cuando llegaron. Inmediatamente tomaron posiciones. Veinte dragones de Merino entraron casi al mismo tiempo que los sesenta jinetes del Empecinado. Estos volviéndose contra los que les perseguían, les atacaron á sablazos y á lanzadas.

Los dragones realistas perdieron dos hombres y se retiraron á las proximidades del pueblo. Sin duda iban á esperar á reunirse con el grueso de su escuadrón. Don Juan Martín pensaba continuar la retirada, cuando se presentaron treinta nacionales de Hoyos y de pueblos cercanos bien armados. Con este refuerzo se pensó en defenderse en Hoyos.

Se ocupó la iglesia y las casas de la plaza; se subió la gente á las ventanas y guardillas, y se dividió en dos pelotones la caballería. Uno se colocó detrás de la iglesia y el otro en una plazoleta próxima. Aviraneta subió á la torre y exploró el horizonte con su anteojo. A la hora ó cosa así bajó diciendo que una columna grande de caballería venía hacia el pueblo.

Cada cual tomó posiciones, y se encargó que se economizaran los cartuchos.

Los realistas subieron al galope hasta la iglesia; las herraduras de los caballos hacían un ruido de campanas en las piedras. Al desembocar en la plaza gritaron: ¡Viva el rey! ¡Viva la Inquisición!

Los liberales les hicieron una descarga cerrada, que mató á ocho ó diez hombres. Los realistas vacilaron; algunos, no muchos, pasaron de la plaza hacia adelante y fueron cortados y atacados por el Empecinado al grito de ¡Viva la libertad! ¡Viva la Constitución!

Después de una hora de combate los realistas se retiraron, dejando algunos muertos, quince á veinte heridos y otros tantos caballos, de los que se apoderaron los liberales.

Los realistas quedaron en el Calvario y allí se plantaron de observación.

El Empecinado, Aviraneta y el jefe de los nacionales de Hoyos conferenciaron. Era indudablemente difícil defenderse en Hoyos con tan poca gente; podían meterse en la iglesia y atrincherarse allí, pero entonces se verían expuestos á un sitio; sin víveres ni municiones y sin posibilidad de ser socorridos.

El jefe de los nacionales consideraba más fácil defenderse en la próxima aldea de Trevejo, que, además de estar en un cerro con una subida difícil, tenía la ventaja de que se podía avisar desde allá á San Martín de Trevejo, donde se hallaban refugiados algunos nacionales de los contornos.

Se dispuso seguir este plan. Aviraneta, con los nacionales de Hoyos, marcharía inmediatamente á Trevejo y tomaría posiciones. Mientras tanto, don Juan Martín, con sus jinetes y con cinco ó seis fusileros, entretendría al enemigo hasta que tuviera que retirarse, y entonces, en la retirada, vendría el apoyo de Aviraneta con sus nacionales, que atacarían á los perseguidores.

Se decidió hacerlo así, y sin que se enterase el pueblo, uno por uno tomaron los nacionales el camino de Trevejo y comenzaron á marchar de prisa. Era necesario que tuviesen, por lo menos, una hora ú hora y media de ventaja sobre el Empecinado para que cuando éste pasase se encontraran ellos ya atrincherados.

XIX

EL CAMINO DE SAN MARTÍN

Serían de cuatro y media á cinco de la tarde cuando salió de Hoyos Aviraneta con los milicianos, y próximamente las seis cuando daban frente á Trevejo

Trevejo es una aldea miserable asentada sobre un cerro. Este cerro, formado por rocas obscuras, tiene graderías de piedra hechas para sostener la tierra de algunos pequeños olivares y viñedos.

Mirando á Trevejo desde el camino de Hoyos se ve á la izquierda de la mísera aldea un castillo negro, erguido y fantástico.

Más á su izquierda se levanta la sierra de la Estrella, y á la derecha, el terreno se hunde en una cañada, por donde sube el camino que continúa á San Martín.

A esta cañada, abierta entre un talud muy pendiente y un castañar vetusto, llamaban, aunque no con mucha propiedad, el desfiladero de Trevejo. Hoy no hay cerca de este desfiladero muchos árboles; á principios del siglo XIX los grandes robles y castaños centenarios formaban á un lado del camino una muralla de follaje. Serían las seis y media ó siete de la tarde cuando los milicianos llegaron á este castañar, próximo á la calzada. Aviraneta pensó varias estratagemas para detener á los realistas, que la mayoría tuvo que desechar, y al último se decidió por dos.

A un cuarto de hora de Trevejo partía de la calzada un camino que escalaba el cerro y marchaba á la aldea. Don Eugenio, á unos trescientos pasos de la bifurcación, mandó clavar palos entre las ramas, puso encima los morriones de los nacionales é hizo que se quedaran tres ó cuatro allí. Después de hecho esto fué colocando sus veinticinco hombres emboscados en el castañar. Si los realistas tomaban por el camino de la aldea, él con su gente les atacaría por la espalda.

Aviraneta pensó que don Juan Martín y los suyos llegarían á media tarde. ¿Pero si llegaban al anochecer? Su estratagema no tendría entonces gran objeto. Pensando que podrían venir ya obscuro, mandó á uno de los nacionales que fuera á Trevejo y trajera una cuerda gruesa de ocho ó nueve varas.

El nacional volvió al poco rato con la cuerda. Aviraneta la ató por una punta á un árbol de la calzada, del otro lado del castañar, á una altura de dos varas, y dejó la otra punta colgando por el suelo. La mayoría de los nacionales no comprendieron el objeto de esta maniobra.

Se esperó bastante tiempo, y, ya obscuro, se notó que venía don Juan Martín. Llegaba perseguido muy de cerca. Los tres ó cuatro milicianos que estaban en el cerro dispararon varios tiros contra los perseguidores. Los realistas, despreciando el tiroteo, avanzaron con la esperanza de apoderarse del caudillo.

Pasaron los liberales y se acercaron á toda prisa los realistas.

Entonces Aviraneta, levantando la cuerda, la puso tensa, á una altura de un par de varas, y la ató al tronco de un grueso castaño.

—Atención. Cuando yo diga—murmuró Aviraneta.

Los jinetes realistas, que iban al galope, al llegar á tropezar con la cuerda tensa se sintieron lanzados al suelo con una fuerza tremenda.

—¡Fuego!—dijo Aviraneta, y sonó una descarga á quemarropa, y cayeron más de dos docenas de hombres al suelo.

Algunos valientes quisieron avanzar, y, como no veían la cuerda, fueron despedidos con violencia. Aviraneta y los suyos lanzaron una segunda descarga, y una tercera.

El Empecinado había vuelto grupas y se disponía á atacar á los perseguidores.

—No se puede pasar—le dijo Aviraneta.

—¿Por qué?

—Porque hay una cuerda. Cortadla.

La cortaron de un sablazo, y don Juan Martín y sus lanceros atacaron á los realistas y les cogieron cerca de cincuenta caballos.

El exito de la escaramuza había producido gran entusiasmo.

—¡Viva el Empecinado! ¡Viva Aviraneta!—gritaron los soldados y los nacionales.

Don Juan Martín abrazó á Aviraneta y le dijo que tenía que pedir para él la cruz de San Fernando. Los peligros, con Aviraneta, no eran peligros.

Se había hecho de noche, las estrellas parpadeaban en el cielo alto y claro, y Júpiter brillaba con su luz blanca.

Se descansó allí en el castañar, al borde del camino, y se dispuso esperar unas horas por si llegaba alguno salvado de la sorpresa de Moraleja; y, efectivamente, poco después de las diez de la noche aparecieron hasta treinta soldados de caballería, varios oficiales y capitanes y el comandante Cañicero.

Muchos de estos hombres, que habían venido á pie desde Moraleja, llegaban reventados.

¿Qué se iba á hacer? El Empecinado, Aviraneta y los oficiales conferenciaron.

Los hombres de á pie, rendidos por larga jornada huyendo y sin comer, no podrían llegar á San Martín. Sería mejor que se quedaran en el castillo de Trevejo, y se buscara comida para ellos. Mientras tanto el Empecinado, con la gente montada podría seguir á San Martín.

Acordado esto, Aviraneta y el jefe de nacionales de Hoyos, con los heridos, cansados y con los milicianos, irían á pasar la noche al castillo de Trevejo, donde se atrincherarían. Si al día siguiente estaban sitiados pondrían una bandera en el torreón derruído para que desde lejos pudiese verla don Juan Martín; si no lo estaban, seguirían camino de Ciudad Rodrigo.

XX

EL CASTILLO DE TREVEJO

Dos de los nacionales de Hoyos marcharon hacia el castillo, con la orden de encender una tea y agitarla en el aire si no había dificultad alguna para subir.

Al cuarto de hora, Aviraneta, los nacionales y los lanceros aspeados, tomaron hacia arriba y hacia la izquierda, en dirección al pueblo, y el Empecinado con su caballería siguió adelante, camino de San Martín.

Llegaron los primeros á la aldea de Trevejo y se detuvieron, Aviraneta y dos milicianos se encargaron de buscar provisiones. Costó mucho tiempo: se recorrió casa por casa, y se llenó un saco de pan, medio saco de habas, una gran cantidad de carne salada y un pellejo de vino.

Se tomaron dos calderas prestadas, se cogió leña y, con todo lo necesario para la comida, alumbrados por un farol y varias teas de resina, se dirigieron camino del castillo.

El castillo de Trevejo era un edificio sólido, de piedra sillar, de más de veinte varas de altura, colocado sobre un teso ó cerro que dominaba una gran llanada.

Como castillo roquero no era muy grande; debía haber estado destinado en su tiempo para una guarnición pequeña: tenía torres, muralla, barbacana, una plaza de armas, escaleras, subterráneos y galerías.

En el siglo XVIII había comenzado á desmoronarse, y en la guerra de la Independencia se consumó su ruina.

Escalaron los milicianos el cerro del castillo, encontraron la vereda, que daba á una brecha; pasaron y cerraron el boquete con grandes piedras. Se instalaron en la plaza de armas.

Aviraneta puso centinelas. Se trajo leña, se hicieron dos hogueras y se comenzó á hervir el rancho

Se comió con un apetito voraz, y después todo el mundo quiso tenderse. El jefe de los nacionales de Hoyos y Aviraneta sustituyeron á los centinelas, que se dormían y se quedaron en observación del camino.

Hablando, se les pasó gran parte de la noche. El cielo estaba muy estrellado, muy hermoso; la Vía Láctea resplandecía con sus millones de nebulosas; Arturus, Altair y Aldebaran lanzaban sus guiños en el espacio, y Sirio comenzó á brillar al amanecer. Un poco antes del alba se oyeron voces en el cerro próximo al castillo.

—¡Alto! ¿Quién vive?—dijo Aviraneta.

—¡Aviraneta!—gritó una voz—. ¿Estás ahí?

—Sí, aquí estoy ¿quién es?

—Somos nosotros: Antonio Martín, Diamante y otros que venimos huyendo de Moraleja.

—Acercáos, que os vea.

—¿Por dónde?

—Ahí encontraréis la vereda.

Aviraneta se convenció de que eran ellos y les dijo por dónde tenían que subir al castillo. Eran seis hombres que gateando llegaron á la plaza de armas.

—¿No os queda algo que comer?—preguntaron al entrar.

Quedaba pan y cecina, que devoraron.

—¿Y qué ha pasado allá?—preguntó Aviraneta.

—Nada. Un estropicio—dijo Antonio Martín, el hermano pequeño del Empecinado.

—Pero, ¿cómo no han visto los centinelas que venía el enemigo?

—No lo sé. Yo pienso si habrá habido traición.

—No, no la ha habido—dijo un soldado . Yo estaba allá. El sol picaba mucho. Había mucho polvo cuando se acercó un gran rebaño de ovejas—. Yo dije para mí: ¡Qué rebaño más grande! y cuando estaba pensando en esto me encontré rodeado del enemigo.

—¿Se habrá perdido mucha gente?—preguntó Aviraneta.

—Mucha—contestó Martín—. Mi hermano Dámaso ha muerto, el coronel Maricuela también. Hemos perdido más de trescientos hombres. Algunos se habrán refugiado hacia Extremadura baja y otros en la Sierra de Gata.

—¿Y el *Lobo*?

—El *Lobo* ha muerto.

¿Y el señor Bustillo, el de Plasencia?

—También ha muerto. Lo ví en la calle atravesado á bayonetazos.

—¡Pobre hombre! ¡Mala suerte ha tenido!

El soldado que había estado de centinela en Moraleja contó que pasó dos horas enterrado en un pajar con el coronel Dámaso Martín. Viéndose éste perdido había ofrecido todo lo que llevaba al patrón de su casa, un tal Estévez, para que le ocultara entre la paja. El patrón aceptó y tomó el dinero, y, cuando registraron la casa los realistas y se iban á marchar, aquel canalla les dijo: "Ahí está. Ahí está el hermano del Empecinado,,, y á bayonetazos lo mataron...

Lo mismo los que ya estaban en el castillo, que los que habían venido, se fueron tendiendo en el suelo y quedaron dormidos.

El alba apuntaba y el cielo iba clareando de prisa.

Algunas nubecillas rojizas, mensajeras de la mañana, aparecían sobre el cielo gris.

Desde allá arriba parecía encontrarse uno en un globo; ligeras brumas vagaban por el fondo del valle. Aviraneta, asomado á un lado y á otro, miraba á ver si se acercaba el enemigo. No venía nadie. Antes de salir el sol aparecieron otros cuatro soldados fugitivos de Moraleja.

Estos habían pasado la tarde escondidos en una choza, cerca de Hoyos, y dijeron que habían oído que las fuerzas de Merino habían dejado las proximidades de la Sierra de Gata y se dirigían hacia Coria. Efectivamente, el 16 de Junio entraba el Cura en esta ciudad.

A eso de las cuatro de la mañana uno de los nacionales de Hoyos se levantó.

—¿Y usted no duerme?—le dijo á Aviraneta.

—¡Pse! Hay que vigilar.

El nacional era un pastor que se llamaba el *Rito*. Era un hombre grueso, fuerte, con unos ojos azules brillantes, la cara ancha y juanetuda, como de kalmuko, la barba rojiza, la manera de hablar violenta y por sacudidas y la expresión alegre.

El *Rito* se puso á hablar. Era un hombre primitivo, lleno de credulidad y de esperanza en todo. Mostró á Aviraneta el paisaje, el campanario de Villamiel, el camino de San Martín de Trevejo y los montes lejanos, con sus nombres.

Para cada sitio ó para cada monte tenía una historia ó un cantar. El *Rito* no era muy inculto para pastor, y estuvo explicando lo que sabía del castillo de Trevejo. En sus conocimientos se mezclaba la fábula con la historia.

Dijo que uno de los escudos de la torre era de

los Borbones, y el otro, de la Orden de Alcantara, que tenía como enseña un jaramago; habló vagamente de un gran maestre déspota, y de sus luchas con el comendador de Santibáñez y el corregidor de Gata.

Contó también el *Rito* una historia clásica de un caballero cautivo, encerrado en el sótano del castillo, que había escapado viendo que una serpiente entraba en un subterráneo y siguiéndola. Este subterráneo se llamaba la Lapa de la Sierpe.

—Subterráneo que no existe—dijo Aviraneta irónicamente.

—Sí, señor; existe.

—¿Usted lo ha visto?

—Sí, sí. Y si quiere usted se lo enseñaré.

—Vamos á verlo.

Cogió el *Rito* el farol y dijo:

—Sígame usted.

Se acercaron á la torre y comenzaron á bajar una escalera de caracol, de piedra, con los escalones primeros derruídos. A poco de descender la escalera era practicable y se podía bajar por ella con seguridad. Bajaron cinco ó seis varas, hasta llegar á un sótano abovedado. De él partía un pasillo y cerca se veía una poterna ferrada y llena de clavos. El *Rito* descorrió un cerrojo enmohecido y apareció la boca de un subterráneo, que lanzó un hálito de frío y de humedad.

—Aquí tiene usted la Lapa de la Sierpe--dijo el *Rito*.—Si quiere usted entraremos.

—Entremos.

El suelo estaba bastante seco y se podía marchar bien. Avanzaron un cuarto de hora.

—Ahora estaremos debajo del pueblo.

Unos minutos después salieron por entre dos piedras al campo. El *Rito* apagó el farol. Escuchó por si se oía algo. No se oía nada.

El *Rito* y Aviraneta anduvieron por las proximidades del castillo, vieron la Cama del Moro, un abrevadero que á Aviraneta le pareció un sepulcro ibérico tallado en roca.

Luego el *Rito* le contó la historia de una partida que se había levantado en un monte próximo llamado Jálama, que debía tener grandes encantos, porque el *Rito* decía:

Jálama, jalamea,
quien no te ve
no te desea.

Dieron la vuelta al castillo, y el *Rito* gritó dirigiéndose á sus compañeros: ¡Masones! ¡Negros!

—¿Volvemos de nuevo por la Lapa de la Sierpe? —preguntó el *Rito*, riendo.

—Sí; vamos por allá.

Entraron de nuevo en el largo subterráneo y llegaron al castillo.

Algunos soldados se habían despertado y estaban buscando á Aviraneta para decirle que habían oído gritos en el campo. Aviraneta los tranquilizó diciendo que había sido el *Rito*. El sol comenzaba á brillar. Aviraneta miró á todas partes con su anteojo. No se veía nada. Algunos soldados empezaban á despertarse y á vestirse; un murciano cantaba:

Cartagena me da pena
y Murcia me da dolor.
¡Ay, Cartagena de mi vida,
Murcia de mi corazón!

Antonio Martín se despertó, y viendo á Aviraneta todavía derecho le dijo:

—¿Tú no has dormido nada?

—No.

—Pues échate un rato al sol. Yo haré lo que sea necesario.

—Bueno.

—¿Qué hay que hacer?

Habrá que hacer un reconocimiento por el camino de San Martín y por el de Hoyos. Si bay enemigos en gran cantidad nos encerraremos aquí y pondremos una bandera para avisar á tu hermano; si no los hay saldremos inmediatamente para San Martín.

—Está bien.

—Si pudierais comprar un poco de pan, vendría admirablemente. Y para nosotros dos mira á ver si puedes traer un cacharro con leche de cabras.

—Bueno, todo se hará.

Aviraneta se tendió al sol en un hueco entre dos piedras, y se quedó dormido.

Soñó que echaba un discurso magnífico á una inmensa multitud en un pueblo que tenía algo de París, de Madrid y de Vera Cruz. Comparaba á la libertad con una mujer desnuda que va escalando un monte pedregoso, en cuya cumbre había un castillo que no sabía si era la Justicia ó el castillo de Trevejo. La libertad marchaba entre espinas y zarzas desgarrándose los pies. Aviraneta se preguntaba en su discurso: ¿Por qué no descansar en el valle? Pero no. En el valle estaba la maldad, la miseria—los soldados de Merino—y en el monte el aire limpio y sano de la sierra de Jálama. El recuerdo de este monte le apartó de su discurso y llevó su pensamiento á unas escenas de caza. Estaba cobrando piezas á montones cuando oyó la voz de Antonio Martín, que decía:

—Ya estamos aquí. Te traigo leche para el desayuno.

—¡Ah, muy bien! ¿Habéis hecho el reconocimiento?

—Sí; el enemigo ha desaparecido.

Eran las ocho de la mañana y el sol centelleaba en la tierra. Los soldados y milicianos habían desayunado y limpiado sus uniformes y sus armas.

Se formó al pie del castillo.

Antonio Martín dió la voz de ¡marchen! Como no tenían música, al pasar por el pueblo, Aviraneta comenzó á cantar el himno de Riego:

¡Soldados!: la patria
nos llama á la lid;
juremos, por ella,
vencer ó morir.

Los soldados y los milicianos cantaron á coro, y la patrulla comenzó á desfilar al paso. Al cruzar por delante del pueblo daba más la impresión de que iba victoriosa, que derrotada.

De Trevejo se avanzó á San Martín, y al día siguiente, de aquí se dirigían á Ciudad Rodrigo.

El Empecinado, muy satisfecho de Aviraneta, en el parte que dió el 20 de Junio le propuso para la cruz laureada de San Fernando, y, en uso de las facultades que le había concedido el ministro, le nombró capitán efectivo de caballería.

Era la segunda vez que nombraban capitán á don Eugenio; pero ni la primera vez ni la segunda llegó á serlo de veras. Aviraneta tenía poca suerte en la milicia.

XXI

LA SITUACIÓN EMPEORA

Llegaron á Ciudad Rodrigo y se comenzaron á organizar de nuevo las fuerzas de caballería, hasta reunir varios escuadrones.

Algunos militares liberales huídos de Valladolid dijeron que en esta ciudad no había apenas guarnición, y que sería fácil apoderarse de la plaza.

Con este objeto se preparó una columna de caballería, y el mismo don Juan Martín, al mando de ella, se corrió hasta Medina del Campo; pero al enterarse de que en Valladolid había varios regimientos franceses y fuerzas de voluntarios realistas, desistió del proyecto.

En Medina se encontraron con el coronel Boscan, del regimiento de Farnesio, y algunos oficiales y soldados.

El coronel Boscan venía de Galicia y se incorporó á la columna de don Juan Martín. Las noticias que trajo eran malas; el alto mando del ejército se pasaba al enemigo: Montijo, O'Donnell, Morillo, Ballesteros... todos hacían traición. No quedaban más que Mina, Riego y el Empecinado.

Se habló con Boscan de lo que se podía hacer. Para éste lo mejor era ir hacia al Sur: seguir la misma marcha que en la guerra de la Independencia, en lo cual estaba conforme con Aviraneta.

Al Empecinado le parecía bien; pero dijo que había que tener en cuenta que existía un Gobierno todavía, y era necesario obedecerle.

Se volvió á Ciudad Rodrigo, y unos días después, aumentada la caballería con los soldados de Farnesio y con otros muchos que desertaron de Galicia al saber la capitulación del conde de Cartagena, se volvió á salir para Extremadura, se pasó de nuevo por San Martín de Trevejo, Hoyos, Moraleja y Coria.

En Moraleja se buscó al Estévez, que había primero ocultado y luego denunciado á Dámaso Martín, el hermano del Empecinado, y se quiso quemar su casa, pero el general lo impidió.

De Coria se salió en dirección á Cáceres, donde se entró con alguna dificultad. Se repusieron las autoridades, depuestas por el populacho sublevado, y se impuso la paz con bastante rapidez.

En esta labor, Aviraneta se lució. Era el ministro de la Gobernación, el alcalde y el jefe de policía, todo al mismo tiempo. No habían tenido mayores atribuciones los tiranos de las repúblicas italianas ni los Saint-Just y los Barras en las ciudades francesas durante la Revolución. Aviraneta satisfacía su ansia de poder. Estaba á sus anchas. Reponía á una autoridad, prendía á otra, imponía la paz pública con sus procedimientos, que tan pronto eran de benevolencia como del terrorismo más puro.

Cáceres fué dominado, y quedó así hasta un día de Octubre del año 23 en que se rebeló y hubo un encuentro con las tropas del Empecinado, en el que se produjeron muchas víctimas.

La situación del pueblo mejoró con las medidas de Aviraneta; pero la de la guarnición iba empeorando por días. Corrían noticias del avance de los franceses y de su vanguardia de realistas españoles. Bordesoulle y Bourmont se corrían por Andalucía, sin que nadie se les opusiera; el conde de Molitor, con sus generales Lacroix y conde de Loverdo, marchaban por donde les convenía, como en un paseo militar; únicamente Moncey encontraba una resistencia seria y pertinaz en el ejército de Mina.

Los soldados desertaban en grupos, y el espíritu de los pueblos era hostil á los constitucionales. La deserción había hecho que sólo los entusiastas y fanáticos quedaran en las filas.

A final de Junio, el Empecinado al saber que Castelldosrius era el jefe militar de Extremadura y que trabajaba en dominar el país y en meter en cintura á Badajoz, le envió á Aviraneta para que éste desarrollara los procedimientos que había utilizado en Cáceres.

Castelldosrius había salido con las tropas que Zayas le había confiado poco después de evacuar Madrid, y había ido perseguido por Vallín y Bourmont y por la vanguardia de Merino hasta Trujillo, donde entregó el mando de su fuerza al general López Baños, marchando él á Badajoz, de cuya comandancia militar tomó posesión en Junio.

Castelldosrius, al saber la situación de la ciudad, pidió en seguida su exoneración. Reinaba en ella, como en casi todas las capitales españolas, una perfecta anarquía. La deserción cundía con una rapidez asombrosa; los realistas, alentados por el giro que tomaban los negocios públicos, maltrataban y vejaban en la calle á los liberales.

Aviraneta, al llegar á Badajoz, se presentó á Castelldosrius, como enviado por el Empecinado, para ver de ponerse de acuerdo.

Castelldosrius le contestó que estaba deseando abandonar el cargo, y que pensaba que de un día á otro tendría que dejarlo. El marqués explicó la situación anárquica en que se encontraba Badajoz.

Estaba lo mismo Cáceres—replicó Aviraneta—, y lo hemos dominado. A fuerza de paciencia. Yo he hecho de alcalde, de jefe de la policía, y por ahora hay tranquilidad.

—¿De veras?

—Sí.

—¿Usted se encargaría aquí de hacer lo mismo?

—Sí; si usted lo autoriza.

—Bueno; pues haga usted lo que quiera. Véase usted con mi ayudante González Estéfani, que le pondrá en antecedentes. Aunque sea, fusile usted á todo el pueblo; me tiene sin cuidado.

Aviraneta se entrevistó con Antonio González Estéfani, y entre los dos dispusieron lo que había que hacer.

Aviraneta se instaló en la Capitanía General y llamó á las autoridades del pueblo. La mayoría no acudió.

Al día siguiente aparecía un bando terrible en las esquinas, y veinte realistas, escoltados por bayonetas, iban á la cárcel. El pueblo, como un caballo que siente la espuela, quiso sacudirse el jinete; pero éste, en poco tiempo, lo supo dominar.

El 6 de Julio, Castelldosrius fué destituído y marchó destinado como de cuartel á Barcelona.

El bando de Aviraneta sirvió luego de motivo para que Castelldosrius fuera terriblemente perseguido en la época de la reacción de Calomarde.

Aviraneta, sin ser conocido de nadie, ejerció durante algunos días la dictadura. En compañía de Estéfani, González Llanos y otros militares liberales recorrió la muralla, sus ocho baluartes, las tres entradas de la ciudad y los dos torreones de la puerta de las Palmas, que dan hacia el Guadiana.

Visitó también los fuertes exteriores que existían entonces: el de San Cristóbal, en un cerro á orillas del río; el de Pardaleras, el de la Picurina, el revellín de San Roque y la Luneta, hecha por el mariscal Soult en 1811. Aviraneta trabajó para que se guarnecieran estas fortificaciones y se pusieran en condiciones de defenderlas del enemigo.

Toda esta labor era inútil; el pueblo, hostil, á la mejor ocasión había de echar por tierra á sus dictadores.

XXII

UN OFICIO DEL ESTADO MAYOR

Al dejar Badajoz el marqués de Castelldosrius siguieron Aviraneta y sus amigos ejerciendo en la ciudad el mando supremo, sin ningún título para ello.

Estaba nombrado por el Gobierno para la Comandancia de Extremadura el general don Francisco Plasencia, que días antes, derrotado en Despeñaperros, se había visto abandonado por sus tropas, que desertaron ante el enemigo.

Plasencia tardó bastante en presentarse en Badajoz, y quedó asombrado de que existiera todavía orden y disciplina en la ciudad extremeña.

Plasencia rogó á Aviraneta y á los demás que siguieran mandando.

La situación de España en Julio de 1823 era malísima, y en Agosto se hizo desesperada.

Don Juan Martín envió una carta á Aviraneta, diciéndole que hablara á todos los jefes y oficiales liberales decididos, para ver si querían intentar un supremo esfuerzo: el de formar una columna de ocho á diez mil hombres, marchar sobre Madrid y atacarlo á la desesperada.

Aviraneta habló á los oficiales de Badajoz, pero ya no era posible reanimar en ellos el entusiasmo: todo el mundo veía la partida perdida. El general Plasencia, desalentado desde que había visto en Despeñaperros desertar á los soldados antes de entrar en fuego, creía que el único ideal era obtener una capitulación decente y esperar mejores tiempos.

Aviraneta escribió á don Juan el resultado de sus gestiones, y unos días más tarde recibió este oficio:

DIVISION DE CASTILLA

ESTADO MAYOR

El Excmo. Sr. Comandante general, que ha salido esta mañana para la Vera de Plasencia, me ha indicado que escriba á usted.

Se recibió su pliego en el que participaba el poco éxito de nuestro plan de atacar Madrid, y al mismo tiempo el desfallecí miento de las tropas constitucionales de esa zona. Nada de esto es extraño, y es necesario un ánimo esforzado para no dejarse rendir por las noticias adversas para nuestras armas que llegan constantemente.

El general desiste de su proyecto, y me encarga le diga cese de practicar diligencias con este fin.

Se ha celebrado ayer una junta de oficiales y jefes de la división, y en ella se ha acordado enviar á usted á Cádiz á que se aviste con el Gobierno, le exprese la situación de Extremadura y Castilla y pida instrucciones acerca de la conducta que debe seguirse en lo sucesivo.

Se ha elegido á don Eugenio de Aviraneta ayudante de campo y secretario del comandante general para esta comisión, por considerársele de gran confianza y el más capacitado por su inteligencia para el caso.

Es necesario, pues, salga usted inmediatamente para evacuar tan importante comisión.

Puede usted atravesar Portugal, embarcarse en un puerto de este país, franquear el bloqueo de la escuadra francesa y entrar en Cádiz.

Hoy se escribe al Excmo. Sr. Marqués de Castelldosrius para que auxilie á usted con cuantas noticias necesite del vecino reino y para que le dé contraseñas y recomendaciones para los puertos de Villa Real, Mertola y Tavira. Preséntese usted á Su Excelencia y pónganse de acuerdo sobre este particular.

El general me encarga diga á usted que de ninguna manera quiere que nadie sepa el objeto de su viaje más que el señor Marqués y usted.

Con el sargento Sánchez, jefe de la escolta y portador de este oficio, comunicará usted al general lo que acuerde con el señor Marqués.

Se están extendiendo todas las comunicaciones para el Gobierno y las instrucciones que debe usted llevar, al mismo tiempo que las recomendaciones para los sujetos con quienes tiene usted que verse.

Participe usted verbalmente al Sr. Marqués que esta división se engruesa con las partidas sueltas procedentes del ejército de Galicia, pero que carecemos de buen armamento.

En las comunicaciones al Gobierno va usted altamente recomendado, y si llega á puerto de salvación con toda felicidad, no necesita usted más para que el Gobierno premie á usted como es debido sus muchos y distinguidos servicios en favor de la Libertad.

Dios guarde á usted muchos años. Cuartel general del Casar de Cáceres, á 18 de Agosto de 1823.

MAXIMO REINOSO.

Postdata:

En este momento se reciben noticias de nuestros confidentes de Portugal. Afirman que en Lisboa y en los Algarbes se ha proclamado el absolutismo.

Esta nueva situación hace indudablemente difícil ó imposible la marcha de usted, sobre todo con carácter militar y como representante del excelentísimo comandante general. Consulte usted con el señor Marqués y vea si pueden proporcionarle á usted papeles de comerciante, para que disfrazado de tal y con pasaporte pueda llegar á Villa Real. En ese caso se embarcaría aquí y entraría en Gibraltar, si no hubiese medio de meterse en Cádiz.

Hay quien supone que sería mejor que se pusiera usted en relación con los contrabandistas de Ceclavin y atravesara Andalucía con ellos. Estos contrabandistas conocen la ruta á palmos y marchan sin tocar en ninguna población. Si se decidiera usted por esto último, avíselo, porque hay en nuestra división individuos que conocen muy bien las partidas de contrabandistas y éstos le pondrían en relación con ellas.—*Vale*.

Aviraneta, impaciente con una carta tan larga y tan ceremoniosa, cogió un papel y escribió:

«Amigo Reynoso: Castelldosrius no está aquí. Para salir por un lado ó por otro necesito dinero y no lo tengo».—Suyo,

AVIRANETA.

Dos días después el mismo sargento Sánchez llegaba á Badajoz y entregaba á Aviraneta una bolsa con veinte onzas, moneda suelta y un sobre con documentos.

XXIII

EL VIAJE

Aviraneta comenzó los preparativos para la marcha. Compró cerca de la puerta de las Palmas una chaqueta y un pantalón ordinarios de aldeano, una faja y un sombrero. Luego quitó á la chaqueta los botones y los sustituyó por onzas de oro forradas de tela. En el chaleco puso monedas de cinco duros, también recubiertas como si fueran botoncitos.

El dinero sobrante, menos unas pesetas para el camino, hizo que se lo girasen á Mértola, en Portugal.

Luego escribió una carta dirigida á un supuesto Domingo Ibargoyen, una carta en que el padre del tal Domingo le decía que se escapara del servicio y abandonara á los liberales impíos y volviera á reunirse con los absolutistas.

Hecho esto leyó todos los oficios que le había enviado Máximo Reynoso desde el cuartel general, y los clasificó. Los dos en donde figuraba su nombre los aprendió de memoria y los rompió.

—¡Qué falta de sentido el mandar á un hombre

con papeles así entre gente enemiga!—se dijo—; ¡oh manes de Cisneros, de Richelieu y de Talleyrand! Esta pobre gente no va á saber nunca hacer bien las cosas.

Los documentos que no citaban su nombre, don Eugenio los envolvió, los metió en un bote, que llenó de tierra, y lo envió á Mértola, como si fuera una mercancía.

Pensaba que no llevando consigo ningún papel, aunque le cogieran, sería imposible identificarlo. Si lo pescaban diría que no, que no era miliciano; luego, si le registraban, le encontrarían la carta á Domingo Ibargoyen, y ya bastaría esto para que le tuviesen por un pobre hombre absolutista soldado de milicianos á la fuerza.

Estando en estos preparativos se le presentó Diamante, y no tuvo más remedio que decirle que iba á ir con una comisión á Cádiz.

Diamante se ofreció á acompañarle en el viaje. Al advertirle Aviraneta la manera cómo pensaba hacerlo, Diamante torció el gesto.

—Es mejor que vaya usted de uniforme—dijo Diamante—, le tendrán á usted más respeto.

—No, no. Es absurdo, hombre.

—Pues yo pienso ir de uniforme hasta Mértola, y verá usted como llego.

—Haga usted lo que quiera; pero en ese caso, si me encuentra usted en el camino, no diga usted que me conoce.

—No necesito de usted para nada—replicó Diamante, con acritud.

—Bueno, bueno. Está bien.

Diamante todavía quiso hacer un esfuerzo para convencer á Aviraneta que debía ir de modo que se le conociera que era un oficial y no un patán cualquiera.

—¿Por qué?—preguntó Aviraneta.

—Porque á un oficial se le fusila; en cambio á un patán, no: se le cuelga de una manera ignominiosa y vil.

—Cada cual tiene sus preocupaciones—dijo don Eugenio—; morir de una manera ó de otra, es igual.

—Para usted será igual; para mí, no. Si le cogen á usted le tomarán por un espía.

—O no. Yo me las arreglaré para que no me cojan. La cuestión es que no le maten á uno.

—¡Bah! No me asusta la muerte—replicó Diamante—. Si me prenden verá esa chusma miserable cómo muere el alférez Diamante. Pienso decir cuatro cosas bien dichas.

Aviraneta no quiso chocar con la vanidad de su compañero, y se citó con él en Mértola.

Si se encontraban allá, buscarían los dos el modo de marchar á Cádiz.

Aviraneta, unas veces en coche, otras en carro, pasó por Villaviciosa, llegó hasta Beja, y de aquí fué á Mértola. Hacía un calor horrible. No apareció Diamante.

Recogió en casa de un comerciante liberal el bote con sus documentos y lo volvió á reexpedir á Castro Marín.

Aviraneta se puso en camino hacia Castro Marín, á caballo, mirando á derecha é izquierda, guareciéndose en los árboles y las matas cuando veía á alguien. Los realistas debían tener espías á los lados del camino, porque, á pesar de todas sus precauciones, Aviraneta cayó en manos de una patrulla de realistas portugueses. Eran muchos para luchar con ellos, y tuvo que entregarse.

Los realistas lo prendieron y lo tuvieron toda la noche atado á un árbol, sufriendo una serie de chaparrones de agua tibia y abundante. Por la mañana le hicieron marchar entre ellos. Eran aquellos portugueses raquíticos, con un tipo agitanado, el pelo negro, la tez amarilla, los ojos brillantes é inquietos, la expresión suspicaz y ladina. Hablaban todos ellos con un aire entre amenazador y sonriente.

A media mañana, Aviraneta, rodeado de los portugueses, rendido y febril, fué entregado á una partida de realistas españoles que vigilaban la frontera. Esta partida llevaba un gran número de presos; entre ellos se encontaba Diamante.

El jefe de estos realistas, un señorito andaluz, bajito, rubio, que ceceaba exageradamente y sonreía al hablar con cierta petulancia, mandó registrar al prisionero, y se encontró la carta, manoseada y sucia, dirigida á Domingo Ibargoyen.

El aire de estupor febril que tenía Aviraneta hizo creer al andaluz que el preso era un pobre infeliz, casi idiota.

—Es un vascongado—dijo el oficial á su gente—. Yo le hablaré, ¿Tú ser realista ó negro?—le preguntó á Aviraneta.

Aviraneta contempló con asombro al oficial, y éste repitió la pregunta.

Don Eugenio, viendo que le tomaban en broma, dijo haciendo su papel:

—Yo, no entender.

—¿Cómo no entender?... ¡Granuja! Tú ser miliciano

—Sí, coger á uno... poner uniforme... y llevar andando lejos, malos caminos... luego cansar... escapar campos.

El andaluz se echó á reir.

—¿Y á dónde marchar tú ahora?... ¿A dónde marchar?...

—Yo querer ir á América...

—Realmente—murmuró el andaluz—á este desdichado es una tontería prenderlo; pero en fin, le llevaremos á Sevilla con los demás y allí ya verán lo que hacen con él.

Pasó la noche Aviraneta en la cárcel de Ayamonte. No pudo dormir un momento. Estaba febril, la humedad de la noche anterior le había producido un acceso de reumatismo, le dolía la cabeza, tenía una rodilla hinchada y una misantropía terrible.

En medio de aquel estado de abatimiento el instinto de conservación vigilaba.

Al día siguiente, por la mañana, Aviraneta advirtió al jefe de los realistas que no podría marchar con la rodilla hinchada, y le dijo que daría lo que tenía, una moneda de cinco duros si se le proporcionaba un caballo. El oficial cogió la moneda y mandó traer un caballo viejo para Aviraneta.

Durmieron los presos los días posteriores en las cárceles de Gibraleón, Niebla, Palma, San Lúcar la Mayor, y al quinto día entraron en Sevilla.

A las tres de la tarde, Aviraneta y Diamante, con otros cuarenta ó cincuenta liberales, formando cuerda de presos, pasaban el puente de Triana, rodeados de una multitud de hombres, mujeres y chicos que los insultaban. Diamante iba con una serenidad olímpica, sonriendo, despreciando al populacho.

Todos los vagos del barrio estaban en el puente. Se oían gritos furiosos de ¡Mueran los negros! ¡Muera la nación! ¡Viva Fernando! ¡Vivan las *caenas!* ¡Viva el duque de Angulema!

Era el populacho amenazador, la demagogía negra desbordada. Mujeres desarrapadas, con chiquillos en brazos, que chillaban sin saber porqué; viejas, gitanos, frailes que pasaban dando á besar á la chusma la cuerda de su hábito

—¡Viva nuestra religión! ¡Viva Dios!—gritaban algunos. Y otros decían, dirigiéndose á los liberales: ¡Al palo! ¡Al palo! ¡Canallas! ¡Mata frailes!

Unos cuantos chicos les tiraron pelotas de barro á los prisioneros, y una vieja, acercándose á Aviraneta, le dijo:

—¡Qué mala estampa de judío tienes, ladrón! ¡Toma!— Y le escupió á la cara.

Aviraneta, con la cabeza baja y ceñudo, recibió la injuria, al parecer, impasible.

Sentía el odio de todos reconcentrado en él. ¡Si por un momento hubiese cambiado la situación! El en aquel instante, con diez mil hombres y unas baterías de cañones en el puente, ¡qué sarracina! Mujeres, viejas, chiquillos, ancianos, casas, iglesias... Todo lo hubiera barrido con la metralla. Hubiera dejado chiquito á los Collot d'Herbois y á los Carrier.

Desarrollando esta idea de cómo sería su venganza, pudo pasar entre la chusma y recibir los insultos y las pedradas con estiércol, mondaduras de patata y tronchos de berza, sin protestar.

Pasaron el puente y el barrio de Triana, y entraron en el casco de la ciudad. A cada paso se repetían los insultos y las pedreas.

Con la escolta, Aviraneta y los presos recorrieron varias calles y fueron á parar al Salón de Cortes.

Al llegar aquí se abrió la puerta y entraron todos en un ancho portal.

El Salón de Cortes, el punto donde se habían celebrado las sesiones del Congreso en Sevilla en 1823, era la iglesia del antiguo convento de jesuítas de San

Hermenegildo, que estaba en la calle de las Palmas, que hoy se llama de Cortes.

Este edificio tuvo distinto empleo: primero fué colegio de los jesuítas, luego, escuela, seminario y cuartel. Los franceses lo desvalijaron; después la capilla se convirtió en salón de Cortes, y terminó siendo, durante una corta temporada, teatro.

En aquel momento, el salón de sesiones estaba destruído.

Unos días antes, los realistas sevillanos habían entrado allí, habían asaltado el edificio y lo habían desmantelado.

Pasaron Aviraneta y sus compañeros del zaguán del convento á un patio, y aquí uno de los jefes de los absolutistas comenzó la distribución de los presos.

La gente distinguida iba al Salón de sesiones.

En él estaban detenidos el duque de Veragua y otros muchos liberales aristócratas. A la gente del pueblo, milicianos y soldados, se la dirigía á unas cuadras grandes.

Diamante fué enviado con la gente distinguida.

Aviraneta, en compañía de unos cuantos, marchó con la morralla á un salón, que debía haber sido en otro tiempo biblioteca ó sala capitular.

Un sargento, con una gorra de cuartel y un uniforme lleno de manchas, les hizo formar militarmente y les dijo:

—Bueno, niños, cuidado. Antes habéis obedecido á la Constitución; ahora vais á obedecer á ésta—y les mostró una estaca—.Conque ya lo sabéis. ¡Media vuelta á la derecha! ¡Dre!...

Al día siguiente, Aviraneta como sus compañeros, tuvieron que dedicarse á bajos menesteres de barrer patios y cuartos.

Aviraneta en su calidad de Domingo Ibargoyen, no tenía importancia, no ya para ser fusilado, ni aun para ser vigilado; pero no dejaba de estar ojo avizor por si alguno le reconocía como carbonario, masón y ayudante del Empecinado.

Entonces hubiera sido otra cosa.

Aviraneta fué destinado á barrer un corredor del claustro y unas cuadras y á cumplir las órdenes del que hacía de alcaide de la cárcel, un hombre á quien llamaban el señor Pepe el *Tiznado*.

El señor Pepe el *Tiznado* era un viejo andaluz, serio, grave, profundo, un pozo de ciencia que hablaba por apotegmas.

Algunos decían que había sido contrabandista y ladrón, cosa muy posible; la verdad era que tenía muchos oficios, y ninguno bueno, porque cambiaba de ellos más que de camisa.

El lugarteniente del señor Pepe el *Tiznado*, que hacía de portero de la cárcel, era el *Telaraña*, un hombrecito muy redicho y hablador.

El *Telaraña* tenía en la portería muchos pájaros en jaulas. En sus horas de ocio se dedicaba á enseñarles á cantar. En épocas normales el *Telaraña* era pajarero.

Aviraneta comenzó á ver de ganarse la confianza del señor Pepe y del *Telaraña.*

Esperaba que alguno de ellos llegara á enviarle á hacer cualquier recado fuera de la cárcel, en cuyo caso no hubiera vuelto.

A los pocos días de estar allá, Aviraneta que había tomado un odio por Sevilla frenético, no tuvo más remedio que reconocer que aquellos realistas andaluces, á pesar de su fanatismo y de su barbarie, eran mucho menos brutos que los del Norte y se avenían á razones.

Aviraneta, de noche, iba á su rincón y se dedicaba á cavilar y preparar planes de fuga. No encontraba ninguno bueno, porque le faltaban datos; no conocía bien el edificio en donde estaba, ni sabía hacia qué punto de Sevilla se hallaba enclavado.

Sin embargo, pensaba que, á fuerza de examinar proyectos y estudiar sus dificultades, encontraría algo.

—*Mio caro studiate la matematica,* se decía á sí mismo, recordando la frase que repetía su amigo Sanguinetti.

Aviraneta sondeó al *Tiznado* y al *Telaraña* para saber qué harían con éllos si dejaban escapar algún prisionero; y, al parecer, los dos estaban convencidos de que les costaría un castigo grave, si no los fusilaban tomándolos por cómplices. Esto hizo pensar á don Eugenio que el poco dinero que tenía no bastaba para comprar á los carceleros.

Había que escaparse, sin contar con ellos para

nada; había que hacerlo *á maña*, como decían los contrabandistas del Bidasoa que había conocido en la infancia cuando no sobornaban á los guardias y tenían que andar á tiros.

XXIV

FUGA

Aviraneta se dedicó á cumplir las órdenes que le daba el señor Pepe y su lugarteniente, con rapidez; se hizo amigo de los dos, y ellos le dejaban andar de un lado á otro convencidos de que no les iba á jugar una mala pasada. A los ocho días llegó á conseguir su confianza.

El señor Pepe el *Tiznado* le trataba bien y le contaba las noticias que corrían por el pueblo. El señor Pepe le dijo que en aquel momento estaban en capilla un oficial del regimiento de Galicia llamado Peña, á quien le habían encontrado varias proclamas y documentos de los de Cádiz, y un alférez del Empecinado, de apellido Diamante.

—Dicen—concluyó diciendo el señor Pepe—que el Empecinado ha mandado á un hombre de su confianza por Portugal y que se ha debido escapar.

—Y ese Diamante ¿qué tipo es?—preguntó el *Telaraña*.

—Es un gachó de cuidado—dijo el señor Pepe.

—¿Por qué?

—Porque no hay manera de confesarlo. Dice que todo eso es pamplina, y no quiere ni arrodillarse, ni nada. Mañana yo voy á ver cómo lo *afusilan*.

Efectivamente: al otro día el señor Pepe contó el fusilamiento del alférez del Empecinado y la serenidad de éste, que había llamado bellacos y cobardes á los realistas, y había concluído gritando: ¡Viva la Libertad! ¡Viva Diamante!

Aviraneta oyó con curiosidad los detalles del final de su amigo. Su deseo de escapar no le permitía el lujo de conmoverse. Siguió pensando en sus planes de fuga; tenía el convencimiento de que pensando con energía y de una manera metódida se encontraban soluciones para todo.

Al día siguiente del fusilamiento de su amigo vió que había en el pasillo del claustro una puerta que daba á un sótano. La puerta tenía un gran cerrojo y un ventanillo. De éste se veían algunos trastos viejos amontonados.

—Con esto algo se puede hacer—pensó—. Estudiaremos la matemática—se dijo.

Al día siguiente ya tenía su plan. Por la mañana, al limpiar el corredor, pidió al *Tiznado* permiso para entrar en el sótano y coger unas tablas. El *Tiznado* se lo dió, y Aviraneta estuvo sacando fuera unos cuantos trastos viejos y observándolos como si esperara sacar algo de ellos. Después volvió á meterlos de nuevo, cerró el ventanillo y con un poco de tocino lubrificó el cerrojo de la puerta, hasta que comenzó á deslizarse bien.

Estaban Pepe el *Tiznado* y el *Telaraña* hablando al anochecer en el cuarto del conserje, cuando Avinareta se les presentó y les dijo, mostrándoles una monedita de oro:

—Miren ustedes lo que he encontrado.

—¡Niño! ¿Dónde has encontrado esto?—exclamó el señor Pepe el *Tiznado*, con severidad y con ansia—. ¡Si es oro!

—La fija... ¡ya lo creo!—exclamó el *Telaraña.*

—Pues lo he encontrado en ese sótano que he ido á limpiar esta mañana.

—¿De verdad?

—Sí.

—¿Pero en dónde?

—En el suelo.

—¿En qué sitio!

—Yo se lo diré á ustedes. Pero si es oro me tienen ustedes que dar á mí parte—dijo Aviraneta.

—Bueno, bueno; eso, ya veremos—replicó el señor Pepe— Primero vamos á ver dónde está

—Yo les enseñaré el punto fijo.

Se encendió un farol, y el señor Pepe y el *Telaraña,* llenos de ansiedad, cogieron, el uno una piqueta, y el otro una palanca. Marcharon los tres por el corredor del claustro y abrieron la puerta del sótano, y entraron. Pusieron el farol en el suelo, y Aviraneta, señalando un rincón, les dijo: Aquí, aquí mismo estaba.

El señor Pepe y *Telaraña* se arrodillaron para mirar; Aviraneta, sin meter ruido, de un salto se acercó á la puerta del sótano, salió fuera y la cerró con el cerrojo, dejando dentro á los dos carceleros. Enseguida echó á correr, encendió una pajuela y luego una vela, marchó al cuarto del conserje, cogió la llave, abrió las dos puertas que se necesitaban franquear para salir á la calle, dejó el manojo de llaves en el suelo y se largó.

XXV

CAMINO DE GIBRALTAR

Aviraneta no conocía bien Sevilla. Echó á andar callejeando. Un sereno le detuvo, y le echó la luz del farolillo á la cara.

—¿A dónde va usted?—le dijo.

—Ando buscando posada.

Ahí está la posada. A mano izquierda.

El sereno se alejó y cantó: Ave María Purísima. Las diez y media y sereno. Y añadió á su cántico: ¡Viva Fernando! ¡Viva el duque de Angulema!

Aviraneta encontró una posada de arrieros que había cerca; entró en el zaguán, y acurrucado en un rincón esperó á que amaneciera.

La noche se le hizo eterna. Al amanecer salió de Sevilla y compró á unos gitanos una mula.

Le costó cuarenta duros; entregó tres onzas y le devolvieron mucha plata y cuartos.

Ya caballero, Aviraneta tomó el camino de Utrera é hizo la larga jornada hasta Jimena, donde le detuvieron, le quitaron la mula y todo lo que llevaba.

Le quedaba aún en la chaqueta una onza de oro y un centén en el chaleco. Estaba sucio, lleno de polvo, con un aire de vagabundo de camino, triste y enfermo. Se sentía desanimado. Se juraba á sí mismo no volver á intervenir en política, no hacer caso de la palabrería de los liberales, que al último hacían traición á sus principios, sin escrúpulos ni vergüenza.

De Jimena, Avinareta fué á San Roque: comió y durmió en una posada, pagó con un centén de oro y compró á un contrabandista un puñal.

El contrabandista le dijo que para ir á Gibraltar le convendría dirigirse á Algeciras, mejor que á La Línea, porque aquí había mucha vigilancia.

Aviraneta siguió el consejo y se dirigió á Algeciras.

A media tarde fué acercándose al pueblo, y esperó á que se hiciera de noche. Estuvo contemplando durante algún tiempo el caserío negruzco de la ciudad, alrededor de la iglesia, y cuando comenzaban á brillar las estrellas, rodeando el pueblo, salió á la orilla del mar.

Se acercó al muelle, y á un hombre que estaba atando un bote, le dijo:

—Oiga usted.

—¿Qué?

—¿Quiere usted llevarme á Gibraltar?

—No; vengo de allá ahora.

—Le pagaré bien.

—No.

—Le daré una onza.

—¿La tiene usted?

—Sí.

—A verla.

—Se la daré á usted á la mitad de la travesía.

—¿Será usted el general Riego?

—No; pero tengo que marchar á Gibraltar.

—Bueno, suba usted; pero deme primero la onza.

—No, no. Cuando estemos cerca de la plaza inglesa.

—Bueno.

El hombre desató su lancha, extendió una vela, y, puesto al timón, enderezó la proa hacia Gibraltar.

A medida que avanzaban, Algeciras iba quedando atrás, recostada en una sierra que se destacaba negra en el horizonte. Las luces de Gibraltar brillaban enfrente.

—Me parece que estamos á mitad del trayecto—dijo el hombre de la barca.

—Sí; eso quiere decir que exige usted la onza.

—Lo ha entendido usted muy bien.

Entregó la onza Aviraneta, y el hombre inmediatamente se levantó é hizo arriar la vela.

—¿Qué hace usted?—le dijo Aviraneta.

—Nada, que vamos á volver.

—¡A volver!

—Sí.

—¿Por qué?

—Porque queda usted preso. Yo soy uno de los encargados de vigilar esta playa. Tú eres un conspirador que huye y te hago prisionero.

¡Bah! no podrás—exclamó Aviraneta, con voz sorda.

—¿No?

—No.

Y Aviraneta acercándose al hombre, en la obscuridad, lo agarró del cuello y le puso el puñal en la garganta.

El policía pidió tregua en seguida. Aviraneta con el puñal en una mano le registró los bolsillos y sacó de ellos una navaja y un lío de cuerda. Con la cuerda ató los brazos y los pies del hombre y lo dejó sentado en uno de los bancos del bote. Después izó de nuevo la vela.

La barca comenzó á marchar hacia Gibraltar. La silueta negra del peñón se veía destacándose en el cielo estrellado. Los faros y las luces del pueblo brillaban en el agua. Aviraneta dirigía en línea recta, sin hacer caso de las olas que entraban en la lancha.

A pesar de que sus intenciones eran llegar directamente, torció hacia la izquierda y fué á embarrancar en un arenal, cerca de la Estacada.

—¿Estamos en tierra inglesa?—preguntó Aviraneta.

—Sí. ¿Ahora me desatará usted?

Sí. Y usted me devolverá la onza de oro.

—Hombre, eso no es lo acordado.

—Tampoco estaba acordado que usted me hiciera traición.

—Bueno, le devolveré la onza.

Soltó Aviraneta las manos del policía, recogió la moneda y luego le soltó los pies.

—Ya se ha salvado usted—dijo el polizonte—. He sido un tonto. Ahora dígame usted quién es.

—¡Soy el demonio!—exclamó Aviraneta con voz cavernosa.

El polizonte debió quedar santiguándose, y Aviraneta marchó hacia la estacada. Un soldado inglés le dió el alto y llamó al teniente, que sabía español, y á quien explicó Aviraneta lo que le ocurría.

Aviraneta, acompañado por el soldado, fué por la calzada del dique, entre la laguna y el mar, y pasó por la puerta de Tierra á la ciudad

Mientras había venido huyendo se había forjado la idea de que estaba arrepentido y cansado de tanto ajetreo como se había dado á sí mismo. Al poner el pie en puerto de salvación veía que no sólo no estaba cansado de su papel, sino que estaba ansiando volverlo á tomar de nuevo.

Aquel pajarraco de Aviraneta vivía en su centro como los albatros en los remolinos de la tempestad. Las convulsiones, los peligros, la guerra, las cárceles, eran su elemento...

Al mismo tiempo que se burlaba de sus planes de modificar su vida, volvía á rehabilitar sus ideas. Ya se habían borrado de su imaginación todos los absurdos, torpezas y cobardías llevadas á cabo por los revolucionarios; la Libertad, como una diosa, marchaba en su carro triunfante por encima de los monstruos y bestias inmundas del absolutismo: la revolución era la salvación de España.

—Hay que implantarla cuanto antes—se dijo á sí mismo, y convencido añadió, señalando con la mano la costa española, que se iba ocultando entre las brumas de la noche:

—Nos veremos de nuevo.

Itzea —Septiembre, 1915

FIN DE LOS RECURSOS DE LA ASTUCIA

INDICE

Lightning Source UK Ltd.
Milton Keynes UK
UKOW06f1949190617
303701UK00012B/1327/P